TAKE
SHOBO

愛を封印した黒竜大公は なぜか星詠みの聖女に執着する

当麻咲来

Illustration
蜂不二子

MOON DROPS

愛を封印した黒竜大公はなぜか星詠みの聖女に執着する

Contents

イラスト／蜂不二子

愛を封印した黒竜大公はなぜか星詠みの聖女に執着する

MOON DROPS

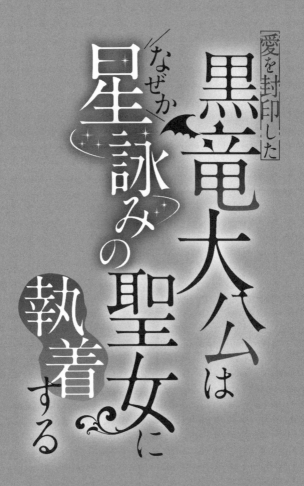

プロローグ

その日、七歳になったばかりのリーゼロッテは朝早くから薬草を摘みに山に入っていた。

「テレーゼ様のお膝に効く薬草はこれだけじゃ足りないし、風邪の薬になる薬草もまだまだ足りないよね」

リーゼロッテは落ちていた木の枝を拾って、地面に対して垂直に立てた。瞬間、風がどこからともなく吹いて、リーゼロッテの艶やかな金色の髪をふわりと風に吹き上げる。テレーゼから教わった通り、神聖力を枝に込めた。

神聖力は聖女が持っている魔力の一種で、自分のためではなく誰かのために使いたいと思う時に発揮される能力だと教えられた。聖女テレーゼはその力を用いて治療薬を作ることを得意としている。

ちなみにリーゼロッテにも神聖力があるが、薬に練り込むのはとても下手なのだ。

代わりに誰かのためになるような未来を読み取るのに長けている。もちろん気になるから自分のことも占うが、その時にはあまり神聖力は使えている感じがしないので、多分テレーゼの言うように、神聖力は誰かのために使う力なんだろうと理解している。

ヘーゼル色の思慮深げな瞳がじっと木の枝を見つめる。

「テレーゼ様のために探しているの。お薬になる薬草はどこに行ったらあるか、教えて」

そっと手を離すと木は山の奥に向かう方に倒れた。あまり山奥には行かないようにとは言われていたが、このところリーゼロッテの師匠でもある聖女テレーゼの膝の具合はますます悪くなっている。高齢のせいで杖《つえ》があっても歩けないほど痛いらしいのだ。

「やっぱりそっちか。じゃあ、もうちょっとだけ行ってみよう……」

昨夜のリーゼロッテの星詠みでも、彼女が北の方向、つまり山の奥に向かうことで、何かしら運命の歯車が回り始めると出ていた。

（やっぱり行くことになるんだよねえ。こういう時は……）

うんうんと頷《うなず》く仕草は、おばあちゃん聖女に育てられたせいか、若干老成している。

リーゼロッテは小さな頃両親を亡くしている。親戚もいなかったため、フランツ村で薬師や占い師のような仕事をしているおばあちゃん聖女テレーゼのお世話係として引き取られたのだ。しかし残念ながら『お前は薬師としての才能はあんまり期待できない』とテレーゼに言われてしまった。だが占いだけは本当によく当たると、太鼓判を押されているのだ。

何が起こるのかというドキドキするような期待と、薬草を探さなければという使命とを背負って、リーゼロッテは薬草を摘みながら一歩一歩山を登っていく。

昼過ぎになり、目的の薬草が全部採れてご機嫌なリーゼロッテは、見晴らしの良い原っぱに座り、持ってきたパンと途中で採った果物で昼ご飯にしようとしていた。

その時頭の上が一瞬陰った。リーゼロッテがハッとして空を見上げると、黒い影のような物がさらに山奥に向かって落下していくように見えた。

「なんだろう。鳥？　にしては大きいし」

そう独り言を言いながらも、頭の中で運命の歯車がカチリカチリと音を立てて回り始めたような気がする。リーゼロッテが急いでその影の後を追っていくと、川のそばの岩場のようなところに、大きな黒い塊があるのに気づいた。

（な、なんだろう。これ……）

鳥のようにふわふわした羽毛ではなく、どちらかといえばトカゲのような肌をしている生き物だ。

「人間の……子供か」

その黒い塊の方から声がした。リーゼロッテが驚くと、それが頭をもたげ、金色の目がこちらを向いた。

「ひっ……」

思わず悲鳴が漏れそうになったのは、その生き物と目が合ったからだ。オオトカゲのような生き物はかすかに羽を震わせるが、再び力尽きたように頭を落とし、ぐったりと寝そべってしまった。だが先ほど話しかけてきた声と目は知性を感じさせた。リーゼロッテは恐怖より好奇心が勝って、意識を失ったらしい目の前の生き物を観察する。

（これって、竜かな……）

聖女の持っている本で読んだことがあった。竜は爬虫類《はちゅうるい》のような肌をした大きな生き物で、大きな羽を持っていて鳥のように空を飛ぶことができると書いてあったように思う。

（でも竜がなんで、人の世界に？）

今は数も少なくなって、高い山の奥地にひっそりと住んでいるという。魔力が高く神のような伝説の生き物だ。だがその幻の生き物の息は荒く苦しそうに見えた。リーゼロッテが落ち着いて竜の様子を確認すると、あちこちに傷があり、特に羽には大きな裂傷があった。それで高い山まで飛んで戻れなかったのかもしれない。

（ど、どうしたらいいんだろう……あっ）

その時、リーゼロッテは聖女テレーゼから渡されていた薬があったことを思い出す。

（テレーゼ様特製の万能魔法薬。血止めと鎮痛鎮静。毒消し効果もあって、回復力を最大限まで高めてくれる薬……これなら）

テレーゼは昔王都で活躍していたほどの、力のある聖女だったらしい。その彼女が神聖力を練り込んで作った特製の回復薬。教育は厳しいが、心底子供を愛している聖女が、養い子であるリーゼロッテを案じ、山で何かあった時用に、と言って今日持たせてくれた薬だ。

「よしっ」

リーゼロッテは水入れ用の皮袋に川の水をたっぷりと入れると、エプロンのポケットを探って薬を取り出す。

「ねえ。竜さん。よく効く薬があるの……飲める？」

おずおずと近づいていくと、竜はゆっくりと頭を持ち上げた。何も答えることなくじっとリーゼロッテの顔を見つめ、大きな口を開いた。

「よかった。お水もあげるね」

ちょうどリーゼロッテの目の前の高さにあった口の中に、薬と水を流し込む。黒い竜はそれを飲み込むと、再び頭を降ろし、羽の間に首を突っ込むようにして休息の姿勢を取った。

「その薬、お師匠様の作ったとってもよく効く薬だから、きっと楽になるわ。あと羽の傷にも、薬を塗ってあげたいんだけど……」

そう言うと、竜はそっと羽を伸ばしてきたので、リーゼロッテは裂けた羽に薬を塗ってあげた。だが手持ちの小さな薬では塗り切れず、申し訳ない気持ちになる。

「ごめんなさい。薬の量が足りなくて……。また明日薬を塗りに来るわ」

そう言うと、竜はじっとリーゼロッテを見つめた。

「人間の子供よ……。これ以上ここにいれば其方《そなた》にも迷惑が掛かろう。其方にもらった薬で私の体は数日で治る。だからもう来なくていい」

竜の言葉にリーゼロッテはどうしていいのか迷う。

「其方の名前はなんというのだ」

「フランツ村の、リーゼロッテです」

「リーゼロッテか。良い名前だ。私はイゾールダ。北の黒竜だ。これを……持って行け」

そう言うと、突然宙に綺麗《きれい》な指輪が現れた。慌ててリーゼロッテが手を伸ばすと、コロンと彼女の手のひらに落ちてくる。

「つけてみるといい」

言われて、見るからに大きそうなその指輪を左手の中指に差し入れると、指に嵌《は》めた途端、シュッと縮まってリーゼロッテの指にぴったりのサイズになった。

「わ、すごい。それに……綺麗」

地金は金色で竜が球を咥《くわ》えているような形だった。まるで竜の目のような黄金の宝珠の輝きに、思わず見とれてしまう。

「このまま村に帰るのだ。その指輪は大事に持っているように。竜は受けた恩義を忘れない。指輪は其方を素晴らしい運命に導いてくれるだろう。そして本当に必要な時は我の名を呼ぶといい。どこにいても其方の元に向かおう。……それではさらばだ」

竜はそのまま目を閉じて眠ってしまったようだった。それを見てリーゼロッテは黙って山を下りた。不思議な竜との出会いについては、帰宅が遅くなったことを心配していた聖女テレーゼにだけ伝えた。

「そうか……。それはきっと運命だったのだろうねえ」

テレーゼはリーゼロッテが竜からもらった指輪をじっと見つめ、そっと彼女の手を撫《な》でた。

「大切にしたらいい。それはお前に素晴らしい運命を運んでくるだろうから……」

竜の指輪は神聖力を持つ聖女であるテレーゼには見ることができても、どうやら他の村の人には見えないようだった。だから孤児のリーゼロッテが身につけていても誰かに妬まれたり狙われたりすることはなかった。

そして数日後、ずっと竜のことが気になっていたリーゼロッテは、竜の姿を確認しに山に登ったが、その姿は既に消え失せていたのだった。

第一章　指輪がくれた運命の出会い

指輪をもらってから、リーゼロッテは夜ごと不思議な夢を見るようになった。

リーゼロッテは夢の中の世界に入ると、いつもライリーの木の下に向かう。ライリーは初夏になると綺麗で香りの良い紫色の花を咲かせる大樹だ。夢の中では季節はつねに初夏らしく、いつでもライリーの花が咲いていた。そして木の根元に座り込んでいるのは、夢の中で初めて出会った男の子だ。

「ヴィー、また怪我している……」

「たいした傷じゃないし。剣の訓練の結果だから仕方ないさ」

木の幹に寄りかかって目を閉じているヴィーという名の男の子は、黒髪に怜悧《れいり》な青い目をしている。そして夢の中で出会うたびに彼は何故か、擦過傷に打撲傷、いつも全身傷だらけだった。

「とりあえず、治療するね……」

リーゼロッテは綿で作られた上に、ほつれを何度も縫って直した服を着ている。けれど彼の服は同じ綿でも目の詰まった細い糸で織られているし、靴もきちんとした革製のものを履いている。彼が身につけているものはどれも上等なものだ。

「腕、出して……」

「大丈夫。放っておけば治る」

「ここで見ちゃったからには、治療するの。私が」

少し語気強めに言うと、いやいや彼は腕を出す。リーゼロッテは彼の腕の傷を一つ一つ確かめるようにして薬を塗っていく。夢の中なのにリーゼロッテが普段着の腰元を探ると、彼女が持ち歩いている薬袋がちゃんとあって、それで治療できるのだ。そして不思議なことに、朝目覚めて薬袋を確認すると、夢の中で使った分だけ、薬がなくなっている。

（あの竜の指輪をつけているからなのかな……夢だけど、多分これは本当のことだ）

確かに不思議だけれど、薬が減っているのならヴィーの怪我を治す役に立っているのだろう。

「お前、本当に物好きだな。夢の中でまで治療するとか……」

「……だって痛々しいから。なんでいつもこんな酷い怪我をしているの？」

剣の訓練をしているのは本当なのだろう。腕には無数の打撲傷が残っている。だがいつも一番酷いのは背中の傷だ。ヴィーは毎回隠そうとしているが、叩《たた》かれたような痕だけでなく、刃物がかすったような古い傷もたくさんあり、お腹にまで打撲傷がある。

（本当に剣の訓練でここまでなるかしら……）

剣術の訓練風景など見たことがないリーゼロッテだが、傷はテレーゼの治療を手伝ったことが何度もあるので見慣れている。

（この傷……ハンスによく殴られていたモニカの傷によく似ている……）

珍しいストロベリーブロンドを持つモニカは、元兵士だった父ハンスと二人暮らしだった。ハンスは怪我で戦場に出られなくなったのだが、今も木で作った剣を腰に差している。

どうやらその剣で、娘のモニカを殴っていたらしいのだ。そしてモニカはそのことを他の人に気づかれると、家を追い出されると言って、いつもリーゼロッテのところにこっそりと薬をもらいに来ていた。あまり小さな子どもがいないフランツ村で、彼女はリーゼロッテにとってはたった一人の友達だった。

だがいつも傷だらけなのが心配で、リーゼロッテがテレーゼに相談したことをきっかけに、彼女は祖父母に引き取られることになった。亡くなった母親の親族が、モニカをずっと探していたらしい。

モニカは顔や手足など外に見えるところの傷はさほどでもなく、服で隠れて見えない背中やお腹に殴られた痕が酷く残っていた。こういう傷は人に気づかれないように相手を痛めつけるためにつけるのだと、リーゼロッテは理解している。

打ち身の薬と、擦り傷の薬を塗り分けながら、注意深くヴィーの様子を窺《うかが》う。

「……ねえ、誰がこんな酷いことをするの？」

「だーかーら、訓練だって言っているだろ」

何度聞いても彼は訓練だと言い張る。けれどヴィーを苦しめているのは彼の周りにいる人なのだろうとリーゼロッテは何となく気づいていた。

（多分、ヴィーを傷つけている人も、他の誰かにバレないように剣術稽古のふりをして殴ったり蹴ったりしているんだよね。許せない……）

「ねえ……貴方のそばには、誰か治療してくれる人はいないの？」

「いないね。それにこんな傷、舐《な》めておけば治るし」

「まあ確かに生き物には自分で治癒する力があるから、ある程度は治るかもだけど、そこが膿《う》んで大変なことになることだってあるんだからね！」

平気なふりをしているヴィーが可哀想で、涙が零れそうになる。でもそんな顔を見せたら、プライドの高いヴィーはここに来なくなってしまうかもしれない。

「次は背中。薬が体についちゃうから、上着、全部脱いで！」

「……へいへい。わかりましたよ。聖女様」

減らず口を叩きながら、ヴィーは服を脱ぎリーゼロッテに傷の治療を任せる。リーゼロッテは指輪をつけた方の手で薬の入った容れ物を握りしめて、痛々しい背中の傷を睨《にら》みつけた。少しでも痛くなくなるように、早く治りますようにという祈りを込めながら、夢の中に持ち込んだ聖女テレーゼの良く効く薬をヴィーに塗っていく。

「いたた、そこ痛いんだけど！」

「文句言わない。治らないと次の訓練に差しさわって困るんでしょう？」

動きが悪ければもっと殴られるし、刃のついていない剣で斬りつけられるとヴィーから

聞いている。

「もう。リーゼは本当に治療が荒っぽいな！　聖女様はそんな風に薬を塗れって教えているのか？」

「私、治療は下手なの。でもこんな治療でもないよりはマシでしょ」

「そりゃ確かに聖女様の薬は、よく効くからな」

「それじゃ、私の治療の技術は関係ないみたいじゃない！」

痛いだろうに、彼はリーゼロッテの言葉にくすくすと笑う。自然とリーゼロッテも笑顔になり、痛々しそうな傷を治療しながらも、今日も夢で彼に会えて良かったと、そう思っていたのだった。


竜と出会い、もらった指輪を身につけるようになってから夢で会うようになったヴィーは、リーゼロッテと石だけ色違いの竜の指輪を持っている男の子だ。

最初に彼と出会ったのは、指輪をつけて眠るようになってから一か月ほど過ぎた頃だった。最初は、お互いほとんど言葉も交わさず、二人で大きな木の下でボーっと時間を過ごしていた。

ようやくぽつぽつと会話ができるようになってから、リーゼロッテはヴィーがどうやって指輪を手に入れたのかを尋ねてみた。

「ねえその指輪、誰にもらったの？　私はね、イゾールダっていう名前の黒い竜にもらったの」

「……もう忘れた」

だがヴィーは竜などいないとは言わず、けれど指輪をどうやって手に入れたかについては返答せず、『忘れた』とだけ答えた。そしてその後は指輪について、何一つ答えてくれなかった。ただ尋ねた時の彼の顔が何かに傷ついているように見えたから、リーゼロッテはその話について一切聞かないことにした。

そんな感じで最初はぎこちなかった二人だが、徐々に普通に会話ができるようになっていった。しかししばらく経つと、今度はヴィーが全身傷だらけで現れるようになった。理由を聞いても、「剣の訓練のせいだ」の一点張りだ。

（誰かにいじめられているんじゃないかなあ……）

リーゼロッテはヴィーのことが気になって仕方ない。だから毎晩指輪をつけて寝る。けれど、ヴィーに会えるのは月に数回だ。そしてその時は大概隠しているけれど酷いけがをしているのだ。

（こんなの……気にならないわけないよね）

心配しても何も答えてくれない。そんな彼の代わりに、リーゼロッテは自分についていろいろ話をした。両親はもういないこと、老聖女に引き取られ、お世話を手伝っていること。薬師や占いの仕事を教わっていること。あまり薬師としては評価されていないこと。

「でも、リーゼの薬はよく効くよ。きっと才能あるって」

「だって、この薬はテレーゼ様が作った薬だもの。私が作ったわけじゃないの」

そう答えると、彼はまだ傷が痛む体をゆすって明るい笑顔を見せる。

「そっか。まあ、薬が効くのは聖女様のおかげかもしれないけれど。俺はリーゼが治療をしてくれるから、良くなるって信じられるんだ」

そんな風に言ってもらえると、薬作りが下手な情けなさも、ほんの少し救われる気がする。そしてリーゼロッテは夢の中で何度も会っているうちに、ヴィーのことを大切な友達だと思うようになっていた。

(だって……村には同じ年頃の友達はいないし……)

唯一年齢が近かったモニカはどこか遠い町に行ってしまったし、そもそも日中は老聖女の世話と薬師の仕事の手伝いで、あまり遊んでいる暇もないのだ。だからヴィーと話をしたり夢の中で遊んだりすることは、彼女にとってとても幸せな時間だった。


そしてヴィーと出会ってから二年の時が流れた。

その日ヴィーはどこか吹っ切れたような、晴れ晴れとした顔をして、いつもの木の下でリーゼロッテを待っていた。

「俺、家を出ることになった」

こんな晴れやかな顔をしているのは、彼と出会って初めてかもしれない。

「家を出るって……どうしたの？」

「学校に通うんだ。王都にある寄宿舎のある学校に」

つまりそれは、ヴィーが怪我をするような環境から逃れられる、という意味なのだと、リーゼロッテは理解した。

「……それはヴィーが行きたくて行くの？」

「ああ。あのクソみたいな屋敷から離れられるからな」

その言葉にリーゼロッテはやはり彼が怪我をし続けていたのは、家族が彼に暴力を振っていたからだ、とわかってしまった。

「そう。私は学校って通ったことないんだけど、いろいろ学べるのはいいね。それに学校に行ったら友達もできるかもね」

彼女が言うと、ヴィーは驚いたような顔をしてから頷いた。

「そうか……そうだな。もしかして友達も……できるかもしれない」

その言葉に、リーゼロッテの胸がほんの少しきゅっと軋《きし》んだ。期待に膨らむヴィーの顔に、幸せそうな顔をして祖父母に連れられて旅立ったモニカの笑顔が重なる。また一人取り残されるような、そんな切ない気持ちになったのだった。

そして、ヴィーが王都に旅立つまであと数日となった日の夜。

「ヴィー、どうしたの！」

夢の中でいつもの木の下に向かうと、ヴィーは真っ青な顔をして、冷や汗をたらし苦しんでいた。時折体を波打たせ、必死に苦痛に抗う。リーゼロッテの声にかすかに目を開いたがすぐに閉じ、苦し気にゼイゼイと音を立てて息をしていた。

(顔色が悪い。それに酷い汗……)

いつもみたいに怪我をしているわけではないみたいだ。テレーゼのところで薬師の手伝いをしているリーゼロッテは、病人を見るのにも慣れている。テレーゼのように注意深くヴィーの様子を確認する。

(熱がある、わけ……じゃなさそうだよね)

持っていたハンカチで額の汗を拭い、そっと額に触れる。熱はないのに呼吸が苦しそうだ。お腹をずっと押さえているのは、腹痛が酷いからだろう。しかも爪の先が白く体温がどんどん下がっていく。

(こんな人……前に見たことある)

咄嗟《とっさ》にリーゼロッテはいつものように腰の薬袋の中を探す。

「あった……」

そこにあったのはテレーゼ特製の万能魔法薬。二年前、竜にあげてしまったから残りは一つだけだ。

(この症状、多分毒だよね……)

テレーゼなら症状を見て、適切な薬を処方してくれるかもしれない。でも今ここにテレーゼはいない。

『今は作れない貴重なものだから、大切に使うんだよ』と言いながら渡してくれたテレーゼを思い出す。彼を苦しめているのが毒ならば、この特別な万能薬が体内から毒を消し去るはずだ。

リーゼロッテは決意をもって薬を手に取ると、ヴィーに口を開けるように声をかけた。だが彼は荒い呼吸をしているだけで、一向に薬を飲んでくれない。どんどん体温が下がっていくのに気づいて、リーゼロッテの手まで緊張で冷たくなっていく。

「ヴィー、ダメ。絶対死んじゃダメ！　お願い、なんでも言うことを聞くから、この薬を飲んで！」

ゆさゆさと揺さぶり、何とか彼の意識を覚醒させようとする。薬を指先で挟み、彼の口をこじ開ける。呼吸の合間に苦痛で食いしばろうとする彼の歯が手の甲に当たり、痛みで悲鳴が上がりそうになる。それを必死に堪えながら喉の奥に薬を押し込んだ。

「お願い……飲んで」

彼の歯で傷つき血塗れの手で鼻と口をふさぐが、彼はなかなか飲んでくれない。

「薬だけだから、飲みにくいのかな……」

一瞬ためらうが、持っていた皮袋に入っていた水を口に含み、彼に覆いかぶさる。苦しいのか口で呼吸している彼の唇を自らのそれで覆い、含んでいた水を彼の口内に流し込んだ。

「飲んで！」

祈るように叫ぶと、ゴクリとのどが動いて、彼は何とかその薬を飲み干込んだようだった。

「良かった……」

はぁっと息を吐いてリーゼロッテはじっと彼の顔を見つめる。テレーゼの秘薬は一瞬で効いてきたらしい。蒼白《そうはく》を超えて黒くなり始めていた顔に少しずつ赤みがさして、呼吸が穏やかになっていく。そっと手に触れると、体温も少しずつ上がってきているようだ。それと共にリーゼロッテの心臓と呼吸も落ち着いていく。

「もう……大丈夫だよね」

額を撫でると彼はかすかに身じろぎをする。まだ目をつぶっていて辛そうな様子だ。それでも……先ほどに比べればずっと穏やかな表情になっている。苦しそうなのは残っている毒物と体が必死に戦っているからだ。薬が効いて、彼の体が毒に打ち勝とうとしているのならば大丈夫だろう。

「テレーゼ様、ありがとうございます」

深く安堵《あんど》の息をつき、ここにはいない聖女に感謝を捧《ささ》げていると、ゆっくりとヴィーが目を開いた。

「……リーゼ？」

掠《かす》れた声は苦しそうだけれど、瞳はちゃんとリーゼロッテの姿を映している。意識がはっきりしてきていることがわかって、彼女はホッと息を吐いた。

「大丈夫？　まだ辛いかもだけど、もう少し水を飲んで」

そう言いながら彼の口に水を何度も流し込んだ。薬が効きはじめたらできるだけ体内に残った毒を薄める。これもテレーゼに教わったことだ。

「どんどん、水を飲んで。そうしたら少しずつ楽になるはずだから……」

体を起こして皮袋を口に押しつけると、最初はちびちびとしか飲めず苦しそうだった。けれど何度かそうして水を飲ませているうちに、ようやく支えがなくても体を起こせるくらいまでは体調が良くなったらしい。

「……はぁ。リーゼロッテのせいで、お腹がたぷたぷになった」

まだ辛そうではあったけれど、彼女を安心させるためなのか減らず口を叩く。

「……ねえ、今日なんかおかしなものでも食べた？」

彼女の問いに彼は表情を曇らせ、黙って首を横に振った。それから何かを決意したようにリーゼロッテのことを見つめた。

「ありがとう。またリーゼが助けてくれたんだな」

その言葉に咄嗟に首を左右に振る。自分が何かできたわけではなくて……。

「違うの。貴方に飲ませたテレーゼ様の薬がすごいんだよ。とっても貴重な魔法薬で、どんな毒でも消してくれる力があるの……」

彼はじっとリーゼの顔を見て頷く。

「そうだろうな……。さっきの毒は多分、俺を高等学院に行かせたくなくて、義母が飲ませたんだと思う。本当に苦しくて、体中が痛くて、きっと俺はもう死ぬだろうって……」

彼の声が真剣そのものだったから、咄嗟にごまかすこともその場を和らげる言葉も言えなくて、リーゼロッテはくっと唇を噛《か》み締めた。

(義理とはいえ彼のお母さんが……ヴィーにあんなに苦しむ毒薬を飲ませたの？)

そう尋ねたかったけれど彼の声がひそやかで、独り言のように早口だったから、何も聞けなかった。きっと耐え切れず言ってしまったけれど、今まで彼が怪我したことを訓練のせいだとごまかしていたように、今回も追及されたくないのだと彼女は思ったからだ。

ヴィーは震える手をまっすぐ前に伸ばし、ぎゅっと拳を握ると気持ちを切り替えるようにわざと明るい声を出した。

「けど、さっき俺に飲ませてくれた薬、本当にすごいな。きっと特別な薬だったんだよな。俺、お金を貯めて薬代をリーゼロッテに払うよ。その代わりもう一つ、薬もらえないか？」

それは今後また毒を飲まされる可能性があるということだろうか。何も言えないリーゼロッテの顔を見つめるヴィーの顔は、なんだか急に大人になってしまったように見えて心が痛い。彼女は慌てて首を横に振った。

「ごめんね。あの薬は、あれが最後なの。……テレーゼ様ももう、今はあの薬を作れないんだって……」

その言葉にヴィーはハッとした顔をして、リーゼロッテの手を摑《つか》んだ。

「それって、すごく貴重な薬だったんじゃないのか。テレーゼ様がリーゼロッテのために残してくれた薬だったのなら……俺が使っていいものじゃなかったんだろ？」

驚きで身を起こした彼の手が震えているのを見て、リーゼロッテは小さく笑顔を浮かべて首を横に振った。

「いいの」

「でも……そんな……」

ヴィーが申し訳なく思うのもわかる。けれど、本当にそれでいいのだ。リーゼロッテは自然とそう考えていた。

「苦しんでいるヴィーなんて見たくないもの」

言った瞬間、リーゼロッテの目が熱くなって、ジワリと涙がこみ上げてきた。ゆっくりと目じりから涙が溢《あふ》れてくる。

「ごめん、俺……」

ヴィーは綺麗な顔を歪《ゆが》めて苦しそうな表情になる。その頬を撫でて、リーゼロッテは微笑んだ。

「本当にいいの。どんなに貴重でも、いつ使うか、使う機会があるのかすらわからない薬より、ヴィーの命の方がずっとずっと、大切だから……」

そう言うと、そっと彼の背中に手を回す。

「大好きよ、ヴィー。貴方がいなくなったら悲しいと思う。だからどんなに辛いことがあっても頑張って生き延びて……」

背中に回した腕でぎゅっと彼を抱きしめた。ぽろぽろと涙を零しながら、柔らかく背中を撫でているうちに、彼の呼吸が湿ったものに変わっていく。

「苦しかったよね。怖かったよね……。でもどんな時でも、私はヴィーのところに駆けつけて、貴方を守ってあげるから。……だから大丈夫」

「あぁ、約束……だからな……」

普段は強気でいつだって明るい顔しか見せないヴィーが、戦慄《わなな》くような息を漏らし肩を震わせ、必死に涙を拭っていた。

「大丈夫、私がいるから……」

「――っ」

堪えきれずに嗚咽《おえつ》が漏れる。きっとずっと気を張っていたのだろう。けれど彼がそれを必死に隠そうとしているのがわかったので、リーゼロッテは最後まで気づかないふりをした。

第二章　突然の嵐に攫《さら》われて

そんな出来事から十年以上が過ぎた。すっかり背も伸びて、大人になったリーゼロッテは真剣な面持ちで目の前のカードを見つめる。

二枚目のカードをめくると一瞬カードに視線を向けて目を見開く。一枚目は、運命的な出会いを象徴するカード。そして今引いたのは、逃れられない宿命を示すカード。どちらもかなり強い意味合いを持つカードだ。

「聖女さま〜、ちょっといい？」

だが三枚目のカードを開こうとした途端、リーゼロッテの店の扉が開いた。東向きにある店の扉から、朝日が大きく差し込む。

店に顔を出したのは、近所の娼婦《しょうふ》サーシャだ。リーゼロッテは三枚目のカードを確認したい気持ちはあったが、開けずにカードを山に戻した。こういう風にリーディングに邪魔が入った場合は、三枚目のカードは見ないことにしている。それもまた運命の巡り合わせだからだ。小さくため息をつき、顔を上げる。

「あのね、サーシャ。私は聖女じゃないって言ってるでしょ？」

「でも伝説の聖女テレーゼ様の弟子なんでしょ。だったらリーゼロッテ様もやっぱり聖女よ。まあ、あのけったくそ悪いターレン教はともかくとしてさ。ねえ。占ってほしいのよ。リーゼロッテ様の占いは当たるから～」

サーシャからは少しお酒の匂いがした。そして店に出る時には艶々に整えられる髪が今はボサボサだ。どうやら客と一夜を過ごしてきた後らしい。多分この会話の流れからして、客は今サーシャが首ったけになっている男だったのだろう。

「その件については、つい最近占ったばかりでしょ。あと二週間で結婚を申し込まれるって。貴女が余計なこと、言わなかったらね。それよりサーシャは家に帰って寝た方がいいわ。せっかくの美人が台無しよ！」

リーゼロッテは、カードを読み終わった後に飲もうと思っていた蜂蜜湯を彼女に押しつけた。

「疲れた顔をしているから、お酒じゃなくて、それを飲んで家に帰ってすぐに寝ること！次の予約は二十日後。前回の占いの結果が出てからだからね」

「ええ～。だってあの人の気持ちが気になって眠れないじゃない。お金ならあるのよ」

小銭が入った袋をジャラジャラと鳴らしてくる。

「あのね、お金が欲しいわけじゃなくて、私はサーシャの体調が心配なのよ。ほら、私、薬師の仕事だってちょっとくらいはできるんだから。私の処方した、にがーい薬がいやだったら、蜂蜜湯を飲んで早めにベッドに入って！」

「もう……甘いわねえ、この蜂蜜湯」

ぶつぶつ文句を言いながらも、サーシャが温かい蜂蜜湯を飲んだのを見届けて、ぐいぐいとその肩を押して店から追い出す。明るい朝日が差し込んで、小鳥の声が聞こえる。気持ちのいい朝だ。

「リーゼロッテ様って本当に頑固ね。仕方ない。今日は諦めて帰るわ～」

サーシャが手をひらひらと振って自宅に戻っていくのを店の外で見送っていると、今度は向こうからパン屋のハンナが近づいてくる。

「リーゼロッテ様、この間は良い助言、ありがとうねえ。おかげで嫁ともちゃんと話し合いができたよ。でさ今度はうちの息子夫婦に、いつ子供が生まれるか占ってほしいんだけど」

そう言いながら、紙袋に入ったパンを渡してくる。

「パン、いくらですか？」

「いいわよ～。いつも助けてもらっているから。その代わり早くうちに予約の順番回してよ」

愛想がよくて少々押しの強いハンナに苦笑しつつも、ありがたくパンをもらう。焼き立てで美味しそうな匂いがする。リーゼロッテは最後までお金を受け取らなかったハンナにお礼を言って、パンを持って家に帰るとお茶とパンで手早く朝食をすませた。

ふと左手の中指を見ると、そこにはあの竜の指輪が光っている。けれど町の人は誰も指輪には気づかないのだ。

「私だって、指輪が残ってなかったら、全部夢って思っただろうな……」

黒い竜イゾールダに会ったこと。指輪をもらったこと。その指輪をつけてヴィーと夢の中で会っていたこと……。こんな賑《にぎ》やかな王都にいたら、すべてが現実のこととは思えない。それでも今もリーゼロッテはあの夢の中で、ヴィーを待ち続けている。

ヴィーは毒を飲まされた事件の後、王都の学校に行くようになり、しばらくすると大切な友達ができた、勉強が忙しいのだと言って、そのうち夢にも来なくなってしまった。テレーゼにそのことを話すと、『現実の世界を生き始めると、人は力をなくしていくからね』と慰めるようにリーゼロッテの頭を撫でながら教えてくれた。

（ヴィー、元気にしているかな……）

夢では会えなくても、またどこかで再会できるかもしれない。リーゼロッテはそう自分を慰めた。そして十七歳でテレーゼの死を見届けると、一年後にはリンデンバウム王国の都に向かった。相変わらず薬作りは下手で、薬師としてはたいして仕事にもならないけれど、テレーゼから教えてもらった占いの才能は王都で一気に開花した。

そして王都で五年の時を過ごし、気づけば聖女様、リーゼロッテ様と呼ばれ、王都の表通りに店を構えられるまでになった。それというのも……。

（テレーゼ様が、こんなに王都で有名な人だったとはね……）

王都で昔、伝染病が流行ったことがあった。その時、テレーゼの神聖力を用いて作った薬と献身的な治療のおかげで、多くの人の命が助かった。それでテレーゼはリンデンバウムでも信者の多いターレン教会の宗主から、聖女の称号をもらったのだと言う。

そして多くの人々を救った聖女テレーゼのことを、王都の人達は五十年近くたった今も忘れていなかった。それどころか、『病をもたらした王都の川を、神聖力を使ってたった一晩で清らかな流れに戻した』とか、『テレーゼ様が歩くたびに人々は病から解放されて、健康に戻った』なんてありえない伝説まで捏造《ねつぞう》されていた。

つまりテレーゼは王都の人々から伝説級に人気のある聖女だったのだ。

リーゼロッテは王都に来て、酒場の下働きをしながら空き時間にひっそりと占い師として働き始めた。そして親しくなった酒場の店主にうっかり『私は聖女テレーゼ様の教えを受けたことがあります』と話したところ、その日のうちに真偽を確認する人間が酒場にやってきた。

嘘《うそ》だろうと疑われたことが納得いかなくて、事情を説明しテレーゼからもらった手紙を見せた。するといきなり表通りに店をタダで貸してくれるパトロンが現れたり、王都で人気の歌姫がリーゼロッテを指名してきたりしたのだ。そうした人々の占いをしたことが評判になり、あっという間に王都でも有名な人気占い師となっていた。

（テレーゼ様って、本当にすごい人だったんだなあ……）

そしてテレーゼに認められたリーゼロッテの占いは的中率も素晴らしいと評判になり、

まるで予言者のようだ、聖女テレーゼの弟子の『予言の聖女様』だと言われるようになっていた。

もちろん、ターレン教会から正式に認定されたわけではないから、そのたびに否定はしている。それでも最初の頃は教会の偉い人からも『ターレン教会に来ていろいろ話をさせてください』と執拗《しつよう》に誘われて、そういったことに興味のないリーゼロッテは正直辟易《へきえき》した。

どうやら十年ほど前にターレン教の宗主が変わってから、積極的な勧誘も増え、熱心に信仰する人が増えているらしい。熱心さのあまり教義を巡って喧嘩《けんか》が起きたとか、そんな話も漏れ聞く。

(ターレン教とは、正直ちょっと距離をおいておきたいかも……)

とはいえ、それ以外は仕事もなにもかも順調だ。これも竜の指輪のおかげだろうか。と思ったりもしたが、リーゼロッテの特別な力のある人にしか見えない竜の指輪に、王都で気づいた人は今のところいない。おかげで今も大切な指輪をつけ続けられている。

(まあ、こんな立派な宝玉のついた竜の指輪をつけていたら、面倒なことに巻き込まれただろうから、見られなくて良かったけれど……)

ターレン教では竜は悪魔の使い、災いをもたらす象徴と認識されているのだ。

(竜といえば……)

町の噂《うわさ》で『黒竜大公』と呼ばれる人物がいることも知った。

その人は親兄弟達を排除し、若くして王国の北を領土に持つロイデンタール大公になったという噂の人物だ。まだ二十代半ばの青年だが、何故か「竜の子」と言われていて、竜のように悪辣で非道な人物だという。そして王都に来て初めて知ったが、リーゼロッテのいたフランツ村はロイデンタール領内にあったらしい。

（黒竜っていったら、イゾールダだよね。だとしたら、竜の子って……もしかしてヴィーがその大公だったりはしないかな。でも私みたいな平民が、大公閣下に会えるなんてことないか）

彼が入ったのは王都に存在する寄宿舎のある学校だ。リーゼロッテは夢の中の出来事だけれど、彼と会っていたのは事実だという確信を持っていたから、どこかで会えたらと思って王都まで来た。

だが王都に来てすぐに、いつも上質な服を着ていて寄宿舎のある学校に入学したヴィーは、貴族の子息だったのかもしれないと気づいた。それに学校に行き始めてから、彼は夢で会うたびに生き生きとした表情をするように変わっていった。多分環境が彼に合っていたのだろう。大切な友人もでき、勉学も武術も楽しくて仕方ないようだった。

（だから現実が楽しすぎて、夢には来なくなっちゃったのかもね）

さもなければ、テレーゼが言っていたように、成長と共に特別な力をなくして、指輪が見えなくなり使えなくなってしまった可能性もある。

（それ以前にそもそも、私とは生きる世界が違ったんだよね）

王都に出てくるまでは、もう一度ヴィーに会いたいとしか考えていなかったけれど、実際王都に出てくると現実が見えてきた。それでも未だに夢の中で彼を待つことはやめられないのだけれど……。

（きっと……もう一生ヴィーには会えないんだろうな～）

そう思っていても、仄《ほの》かな初恋が忘れられず、リーゼロッテは二十三歳になっても、未だに恋人がいたことがない。

（まあ。占いの仕事は楽しいし、今は恋愛はしなくてもいいかな……）

リーゼロッテはパンを食べ終えると今日の予定表を見る。今日は一日貸し切りで貴族のご婦人から占ってほしいと予約が入っているのだ。

占いの実力と聖女テレーゼの弟子という評判のおかげで、最近はこうした高貴な方からの依頼も増えた。そういった場合ひそかに迎えが来て、お屋敷や貴族の出入りする高級な宿などで占いをすることになる。今日もこれから迎えが来る予定だ。

リーゼロッテは長い髪を後ろで簡単に編むと、まずは食事の後片づけをした。その後大枚をはたいて買った、占い師らしい高級な衣装と長いヴェールをつけて、今回初めて予約の入った客の使いを待つことにしたのだった。

迎えに来たのは町に慣れていない様子の侍女で、一応目立たないように町娘の恰好《かっこう》をしていた。けれど、侍女自身が高貴な貴族だということを表すように、仕草まですべて品が良くて、この人の女主人はどんな人なのだろうと、少しドキドキする。彼女と連れだって町の外まで出ると、そこには窓一つない立派な馬車が用意されていた。

「これに乗っていただけますか？」

上品な侍女の言葉に、リーゼロッテはヒクリと体を震わせた。

（これ。どう考えても、とんでもないお客さんの予感がする……）

貴族は貴族でも、かなり位の高い人なのではないか。だが騎士が数名控えているので、緊張しているからといって、足を止めて様子を窺うこともできない。

（そういえばサーシャのせいで、三枚目のカードを見そびれたな……）

そこには何が描かれてていたのだろうかと思う。けれど見ることができなかった偶然にも意味はあるのだ。

ごくりと唾《つば》を飲んで、新たな出会いと宿命に思いをはせ、扉が開けられた馬車のステップに足を乗せる。中は密度の高いビロードが敷き詰められていて、宙に浮いているのではと思うほどふかふかしている。座り心地最高の座席に腰かけドキドキしていると、馬車は徐々に町の舗装された道からでこぼことした道を走り、しばらくして貴族の別荘と思わしき屋敷にたどり着いた。

「貴女が聖女テレーゼ様の弟子で、高名なる占い師リーゼロッテ様？　ずいぶんとお若いのね」

リーゼロッテが案内された客間にやってきたのは、まだ三十路には入っていないであろう玲瓏《れいろう》を絵に描いたような美しい貴婦人だった。艶やかで美しい白金色の髪、緑色の瞳。色が白くて真珠のように内側から発光する艶のある肌をしている。

手作業も水仕事もしたことがないであろう、白魚のような指をしていた。頭のてっぺんから足の先まで、まるでこの世に生きている人とは思えない美しい女性だ。あまりの美貌に息を飲んで、リーゼロッテは一瞬返答が遅れてしまった。

「あ、はい。私がリーゼロッテです」

普段なら、高名なんてことはないとか、なにかしら反論するのだけれど、そんな余計なことを言えるような空気でもない。

「さっそくですが、私の大切な一人息子の未来について、占っていただきたいのです」

周りを騎士がぐるりと囲っているし、侍女達も何人もいて、じっと黙ってリーゼロッテを見つめている。彼女は緊張しつつも大きく息を吸って、カードをカバンから出し、机にビロードでできた布を敷く。

「それでは息子さんの生年月日を教えていただけますか。もし可能であれば、どの地方で生まれたか、時間は何時かも教えてください」

リーゼロッテは星詠みとカード占いを得意としている。星詠みを基本に、その象徴をカードで読み取っていくような方法だ。

だが星を読み解くと、十年前に王都で生まれたという彼女の息子の運命はあまりにも非凡なもので、何と言っていいのか言葉を失う。

「この方は大きな使命を持つ星の下に生まれていらっしゃるのに……。大切な存在を亡くしてしまったのですね。多分……父親でしょうか。ですが、けして家族の縁は薄くはありません。家を継ぎ、発展させる強い運命をお持ちでいらっしゃいます」

そう告げると彼女は小さく息を飲み、次の瞬間、ホッとしたように息を吐いた。

「貴女様のような優しい母親がいて。……それだけでなく、頼りになる男性が傍にいて、常に見守ってくれているようです。まだ……若い男性でしょうか。息子さんの父親代わりとなる宿命を持っているようですね」

「まぁ……」

リーゼロッテの言葉に彼女は柔らかい笑みを浮かべた。微笑む姿はまるで清廉な百合の花のようで、身じろぎする度にジャスミンのような清らかな香りが控えめに広がる。

指先を動かすだけでも相手の心臓をドキリと高鳴らせ、自然と頬を染めさせるような美しい人だ。リーゼロッテはつい見とれてしまって、小さく息を吸って動悸《どうき》を宥《なだ》めてから、話を続けた。

「確かに順調なばかりとは言えない宿命を持って生まれていらっしゃっていますが、不運をはねのけるだけの強さも同時に持ち合わせていらっしゃいます。年を取るたびに味方が増え、将来は努力の甲斐《かい》のある素晴らしい人生を送られることでしょう。そのために重要になってくるのは、十歳となる今これからと、それから二十歳の年回りでの選択です」

占いの結果を伝えると、女性は頷く。

「そう。今が大切な時なんですね……」

彼女は子供のことを思ってか愛おし気に微笑む。こんな愛情深い母親に育てられている子供が、肉親と縁の薄かったリーゼロッテには羨ましく思えた。

「それではまずは十歳の星巡りから見ていきましょうか。……まず近いうち、彼は一生を支えてくれる大切な人と巡り合うようです。もしかしてご縁談がございますか？」

確かに年は若いが、貴族ならこの年齢でも縁談はあるかもしれない。寄り添うのはそうした関係の女性に思えて尋ねると、目の前の女性は愁眉を開いた。

「ええ……実はそのことについても占ってほしいと思っていたのです」

＊＊＊

それからいろいろと占いと助言を行い、来た時同様窓のない馬車に乗って、無事家に戻ってきた。その後は特に何の問題もなく、時折あの美貌の貴婦人のことを思い出し、うっとりする以外は、穏やかに数日が過ぎた。

「はぁ、すごいご馳走《ちそう》を用意してくれたのは良かったけど、さすがにちょっと食べ過ぎたかも……」

その日リーゼロッテは夜の町をはち切れそうなお腹をさすりながら歩いていた。今日は裕福な商人の奥方の屋敷に招かれ、身内の縁談について相談された。占い結果が良かったことに気を良くした奥方に食事をご馳走になり、美味しい料理をたらふく食べてしまった。

「でも、幸せになれそうで良かったなあ」

当然のことだが、いつも人が喜んでくれる星詠みや占いになるとは限らないのだ。もちろんその時には選びうる一番良いと思われる選択肢と、対処方法について伝えるようにしている。それでも結果が思い通りにならなくて、苛立ちをリーゼロッテにぶつけてくる人だっているのだ。

（そういえば、この間の女性は立派だったな……）

あの貴族の女性は、これから待ち受ける厳しい状況に対しても常に冷静で声を荒らげることもなかった。助言を真摯に受け取り、時折自らメモを取りながら、息子にとって一番良い選択をすることに気持ちを集中させているようだった。

（確かに周りには裏切り者がいるし、対応を間違えたら大変な選択もありそうだったけれど、でも彼女と彼女の息子を命がけで守ってくれる人がいるから、きっと大丈夫だよね）

彼の生まれた時から存在する、力強い庇護者《ひごしゃ》を象徴する星回りを思い出し、リーゼロッテは小さく頷いた。

「サーシャは夜遅くに裏道を通ったらダメって言うけれど……」

辺りを見回して、一本内側の道に入っていく。この道を通ると大通りを歩くより早く家にたどり着けるのだ。警戒しつつも少し早足で歩き始める。だがその時。

人の気配はなかったのに、突然何者かがリーゼロッテを羽交い締めにすると、彼女の口元を手で覆う。

（な、何が起きているの？）

大きな手に塞がれて声が出せなくて、背筋に冷たい汗が流れる。裏道に入るんじゃなかった、と後悔しながらも逃げ出そうとじたばたと暴れた瞬間、耳元で声がした。

「お前が聖女だと噂の、リーゼロッテだな」

頷けばどうなるかもわからず、咄嗟に否定するという頭も回らず、返答をためらった。それだけで男は彼女がリーゼロッテだと理解したらしい。途端に口に指を突っ込まれ、驚いている間に指に挟んでいたらしい薬を口に放り込まれる。その上猿轡《さるぐつわ》を噛まされた。一連の流れがあまりにも手馴《てな》れているから、リーゼロッテには抗う隙もなかった。

「余計な『預言』などするから、こんなことになるんだ……」

男の呟《つぶや》きが聞こえる。『預言』などしたことがないと思いながらも、舌先で溶けていく独特の苦みから、意識を失わせる薬だと気づく。

（まずい……このままじゃ）

何とか薬を吐き出そうとするが、猿轡を外すことすら不可能だ。

（テレーゼ様だったら、飲んでいる最中の薬も、神聖力で変容させられるのに……）

薬師としての才能があまりないリーゼロッテにできるのは、せいぜいその効力を弱め、効くのを遅くすることだけだ。

薬を嚥下《えんげ》しないようにして、必死で口内へ神聖力を注入する。すぐに気を失うはずの薬の効力が落ちて、おかげでしばらく周りの状況を見ることができた。

（この馬車に乗せられて、どこかに連れて行かれたら……）

けれどその前に、大きな運命の輪が回るという、そんな胸がざわざわする感覚もあるのだ。彼女は占い師として優秀だと聖女テレーゼに言わしめた、自身が持つ特別な感覚を信じることにする。

（大丈夫、私はこのまま連れ去られない）

だったら何が起こるのか見届けよう。無駄な抵抗をせず、馬車に乗せられそうになった瞬間、彼女が予感していた通り、突然数名の騎士が馬に乗って現れた。

「その女を攫ってどうするつもりだ！」

そう言って、すらりと剣を引き抜いたのは、ヴィーとよく似た色合いの髪と瞳を持つ立派な騎士だった。

（もしかして、ヴィー、助けに来てくれたの？）

だが必死に遅延させていた薬効が、今度こそ、リーゼロッテの意識を奪うことに成功する。そして彼女はその後に何が起きたのか見届けることなく闇に飲み込まれていった。

「それで……は、何のために彼女を攫ったんだ？」

「そこまでは……。逃げ出した奴らが駆け込んだのが例のターレン教会でしたので残党狩りはできませんでした。ただ今度は……しい聖女を手に入れると話していたという目撃談はありまして……」

「なるほど。ではその辺りの事情は、俺が直接彼女に聞こう」

ぼそぼそと誰かが会話している声が聞こえる。リーゼロッテは人の気配にゆっくりと目を開いた。どうやら自分はベッドに寝かされていて、向こうで男が二人話をしているようだった。

「あの……ここは……どこですか」

出たのは掠れ声だった。ハッと男二人が振り向く。

「医者によると、一昼夜は昏酔《こんすい》から回復しないと……」

奥の中年の赤毛の男がぎょっとしたように声を上げると、手前にいた黒髪の男がため息をついた。

「医者の診断が間違っていたか、彼女が薬に強い体質なのだろう」

黒髪の男の言葉に、赤髪の男は頷いている。リーゼロッテはズキズキするこめかみに指を押し当てた。

（イタタタ。……なんでこんなに頭が痛いの？）

リーゼロッテは緊張しながら辺りの様子を窺う。

室内は暗いのでまだ夜なのかもしれない。小さな灯りが仄かに部屋を照らしている。調度品などは高級なもので、ふと先日招かれた貴族の別荘を思い出させた。

（そういえば私、どうしていたんだっけ？）

瞬間、仕事の帰りに突然襲われたこと、薬を飲まされて攫われそうになったことを思い出す。そして馬に乗った騎士が来て、救出してくれたことも……。

「ヴィー？」

そうだ、ヴィーによく似た男性が救出してくれたのだ。お礼を言わないと、と慌てて体を起こした瞬間、自分が裸でいることに気づいて、悲鳴を上げそうになる。

「な、何を……」

連れ去ってきた女の身ぐるみを剝ぐとはどういうつもりだろうか。助けてくれた正義の味方ではないのか、とキッと目の前の男を睨むと、酷薄に笑い返された。

「聖女を名乗る詐欺師の正体を知るために、身につけているものはすべてこちらで確認させてもらった」

意味がわからなくてリーゼロッテはシーツで体を隠しながらヴィーと雰囲気の似た男性を睨み続ける。

（こんな性格の悪い人、ヴィーのわけない！）

「詐欺師？　どういうことですか？　貴方は攫われそうだった私を、助け出してくれたんじゃないんですか？」

「ああ、確かに貴女を攫おうとしていた男達は、俺達の手で捕らえた。だが貴女を単なる被害者だとは思ってない」

トンとそのまま肩を押され枕に頭を押しつけられた。寝起き直後の頭痛は少し軽減していたものの、ぐらりと頭の中を掻《か》き回されるような眩暈《めまい》を感じる。見えるのは、彼女を押し倒して覗《のぞ》き込む男の顔と天井だけだ。

（な、何が起きているの？）

じわっと不安な気持ちが押し寄せてくる。衣類や身につけているものをいろいろ調べるにしたって、何か別の物を着せてくれるのが普通ではないか。そもそも誰が脱がせたのか。こんな状態でそのままベッドに転がしておいたということは、リーゼロッテが人としてまっとうな扱いを受けているとも思えない。

そのタイミングで先ほどの赤髪の男が声をかけてくる。

「……それでは、ルードヴィヒ様。後はお任せいたします」

そう言うと男は部屋を出ていく。リーゼロッテは裸のままベッドに男性と二人きりの状況に混乱しつつも、まずは現状を把握した方がいいと、目の前の男をじっと見つめた。

（ああ、やっぱり助けに来てくれたのはこの人だ。ヴィーと同じ髪色と目の色をした……）

ただ身長が高く、鍛えられた体をしているし、リーゼロッテより十歳ほど年かさのように見えた。何より彼は竜の指輪をしていない。

（一瞬似ているような気がしたけれど、よく見たら全然違う人の気がしてきた……）

目の前の彼と、過去の記憶の彼とを照らし合わせているると、横たわっているのに再び脳を掻き回されるような眩暈を感じ、たまらず目を閉じた。

「まだ薬が効いているようだな。そもそもあいつらはかなり強い薬を使ったようだから、こんな短時間で目覚めること自体がおかしいんだが」

目の前の男は冷たい青い瞳をリーゼロッテに向けて、低く響く声で話しかける。ベッドに押し倒された状態に危機感を覚えながらも、抗ったところでどうにかなる相手でもないと、できるだけ冷静になるように自分に言い聞かせる。

これからどうなるかわからなくて胸は不安で締めつけられるようだし、恐怖で息は震える。しかもリーゼロッテをじっと見つめる男の視線に、何とも言えない仄暗い色が見えて嫌な予感がした。

「聖女などと名乗って、あの方を誑《たぶら》かしたのはどういう了見だ？　聖女テレーゼの再来？　人を惑わすにはいい肩書きだな。……何が目的で近づいた？」

そう言いながら、すぅっとリーゼロッテの頬を撫でる。とても冷たい手だ。彼の手にはたこがたくさんあって硬い。騎士だとしたら、かなり訓練を積んでいる人間なのだろう。

（でも……なんで私を捕まえたの？）

王都に来てから今まで、聖女の名に守られて怖い思いなど一度もしてこなかった無邪気なリーゼロッテでも、その男の視線の冷たさに心底肝が冷える感じがする。

「まあ、その辺りは後々聞き出せばいいか……。場合によっては尋問担当の騎士に任せればいい」

何かを考えている様子の目に、じっと見つめられると吸い込まれそうな気がする。お互い何故か視線を逸らす気になれず、相手の顔を見つめ合ったままだ。男は苛立たし気に髪をかきあげて睨みつけ、冷たくて怖い目を向けてくる。それなのに何故か相反するようにじわじわとリーゼロッテの胸は熱くなり、心臓まで高鳴っていく。次の瞬間、すぅっと彼は目を細めた。

「……生来ターレン教の聖女というのは、神と結婚し、生涯純潔を保つのだったな」

そう言いながら手を伸ばし、ゆるりとリーゼロッテの首元を撫で、彼はかすかに眉を顰《ひそ》めた。何かを決意したように、男は薄く口角を上げて笑った。

「貴女を見ていると妙に胸がざわつく……貴女が聖女でなくなれば、いっそすっきりするのかもしれない」

首筋を撫でていた指が緩やかに胸元に落ちていく。

「ど、どういうことですか？」

予想もしなかった触れられ方をして、咄嗟に聞き返してしまう。男は一瞬だけ眉根を寄せて複雑そうな表情をしたが、次の瞬間それらを完全に消した。

「今から俺が、貴女を聖女の座から引きずりおろしてやる。覚悟するといい」

言葉の苛烈さに思わず息を飲んだ。

「何を……」

「貴女にとってもその方がいいだろう。世間を惑わす魔女になるよりはな……」

そう言って彼はリーゼロッテの唇を奪った。驚きに目を見開く。だが、彼の唇が離れる瞬間、薬を飲ませた時のヴィーの唇の感触を思い出していた。

（あ、あの時は水を口移しで飲ませるのに必死だったから、意味なんてわかってなかったけど……）

あれがリーゼロッテにとっては初めての口づけで、そして今この男からされたのが、人生で二度目のキスだ。

（なんで……キスなんてするの）

サーシャが言っていた。性交渉だけを目的にする客はキスなんてしないのだと。キスは恋人とすることなのだ。

（でも今はそんなの、関係……ないよね）

最初に触れたのが唇だったことが、なんだか悲しくて切ない。ふと目を開くと、彼が苦しそうな顔をしていることが、なおのこと胸を突くようだった。

（私が襲われているのに……）

何故か彼は泣きそうな顔をしながら、リーゼロッテの首筋から胸元に唇を這《は》わせる。

『諦めたらだめよ。いやだったら絶対、暴れて、抗って、男の大事なところを蹴り上げんのよ！　アタシみたいなのは金もらったらまあ仕方ないかって諦めもつくけど、リーゼロッテ様は聖女なんだから。変な男の思い通りにならないように、自分を守るのよ！』

頭の中でサーシャの声が響く。仕事柄、いろいろな屋敷を出入りするリーゼロッテを案じて、普段からそんなことばかり言っていた。

(でもね、どうせ抗ったって何もできない)

騎士達の先頭にいた男だ。鍛え上げられた筋肉に覆われた体といい、気迫といい、単なる町の占い師であるリーゼロッテがどうにかできる相手ではない。いや、下手に抵抗すれば怪我をしたり、最悪殺されそうだ。そう自分に言い聞かせているけれど、不思議なことに彼に触れられても、想像していたような嫌悪感はなかった。

(なんで、なんだろう……)

別にリーゼロッテには自分の貞操を命がけで守りたいというほどの強い意志はない。二十歳をとうに過ぎた彼女の同世代の女性達は、大概結婚して子供を産んでいる。リーゼロッテはまだ処女だが、単にそういう相手がいなかっただけだ。いや心の奥底にずっとヴィーがいたことは否定できない。

王都に来て五年。いろいろなことを言って誘ってくる人がいなかったわけではないが、他の人を好きになれる気もしなくて全部断ってきた。

(これも、宿命なのかな……)

先日引いたカードを思い出す。ヴィーと髪の色と目の色が一緒の目の前の男に、貞操を奪われるのも巡り合わせなのだと、何故か受け入れる気になっていた。

(それで神聖力がなくなるかもしれないけれど……)

彼が言う通り、処女であることが神聖力を保つ条件なのだとしたら、竜の指輪が見えなくなることだけは悲しい。けれどこの指輪をつけているせいで、余計に彼のことを諦められないような、そんな気もしているのだ。

（大事な指輪だったから、最後に、もう一度目に焼きつけておこう……）

服すら身につけていないリーゼロッテは、何の抵抗もせず彼の蹂躙《じゅうりん》を受け入れる心境になっている。彼も抗うことのない彼女をわざわざ拘束していない。だから彼女は自分の見たいものを自由に視界に入れることができた。

（きっと指輪は他の人には見えないから、取り上げられてないはず……）

その想像通り、指輪はリーゼロッテの左手の中指にあった。

（何、これ……）

だが見慣れた指輪の宝珠はまばゆいほどに輝き、金色の光は徐々に光を強めていく。眩《まぶ》しくて直視できないほどだ。

『受け入れよ……』

どこからともなく声が降ってきて、慌てて周囲を見回しても声の主など存在しない。

「……何を探している？」

なのに男はこんなにも強い光の存在に気づいていないようだった。指輪から溢れる金色の光は温かく、リーゼロッテの胸はじわじわと熱くなっている。

『指輪を失っても、其方の番《つがい》はただ一人……』

指輪の光は徐々にリーゼロッテと彼女を抱いている彼をも包んでいく。光に包まれたまま、リーゼロッテは下肢を開かれ、彼を受け入れていた。

光のせいか破瓜《はか》の痛みは彼女を支配することはない。それなのに、ただただ涙が零れて仕方なかった。

「――っ」

冷酷にリーゼロッテのすべてを手に入れた男は、彼女が涙を零していることに気づくと息を飲む。それから何故か彼はリーゼロッテの目元に唇を寄せ、そっと彼女の涙を吸い取ったのだった。

＊＊＊

彼女の初めてを奪った男はそのままベッドから立ち去り、どこかに行ってしまった。代わりにしばらくするとリーゼロッテより十歳ほど年上の、落ち着いた印象の侍女が湯浴み用のガウンを片手に音もなく部屋に入ってきた。

「体調が大丈夫なようでしたら……湯浴みの準備をしております。入浴されますか？」

静かな問いにリーゼロッテは頷いて、案内されるままに風呂に入った。湯船は温かく、緊張して怯《おび》えていた心と体を緩めていく。

（何が起きたんだろう……）

現実感がない状態で呆然《ぼうぜん》と湯船に浸かっているうちに、改めて男性に体を奪われた恐怖がこみ上げてくる。カタカタと体が震えてきた。

（全部、現実のことだと思えない）

突然攫われて、あっという間に自分は処女ではなくなってしまった。何かが変わった実感はなく、下腹部にじわっとした痛みと違和感がある程度だ。そう考えた瞬間、ハッと気づいて自分の左手の中指を確認する。

先ほどの光景が衝撃的だったから、違和感なく受け入れていたけれど……。

（『指輪を失っても、其方の番はただ一人……』って聞こえたのに、竜の指輪、なくなっていない。見えなくもなっていない）

そっと右手で左手の指輪を覆う。

（どういうことだろう）

あの男は、リーゼロッテの神聖力をなくすことが目的で、純潔を奪ったはずなのに……。

（彼は目的を遂げたのに、私は神聖力をなくしていないってこと？）

そもそも処女でなくなれば神聖力がなくなるなんて話、初めて聞いた。テレーゼも例えば結婚や出産をして、現実の方が大切になったり、力が不要になったりすれば、なくしてしまうことはあると言っていたけれど。

（それって勝手にターレン教の人が決めつけているだけなんじゃ……ってことは、もしかして私、処女奪われ損？）

そんな悠長な感想が出てしまうほど、大事な指輪を失わないですんだことホッとしているらしい。リーゼロッテは深々と息を吐いた。

それからようやく、自分が今どういう状況に置かれているのかということが気になってきた。それに仕事着である占い師の衣装と、何より大切なテレーゼから受け継いだカードもきちんと返してもらわなければならない。

（明日の仕事に差し支えるもの）

占い師は秘密を厳守して約束は破らない。何より信用が財産なのだ。

「あ、あの……」

風呂の傍らで控えていた侍女が近づいてくる。

「お風呂ありがとうございます。ところで私の服と持ち物はどうなっていますか？」

その言葉に彼女は困惑したように首を傾げた。

「衣装は新しいものが準備されていますが、所持品についてはわかりかねます」

「それを返してもらわないと、私困るんです。戻してもらえないか、聞いてもらえませんか？」

重ねてそう尋ねると、彼女は承知しましたと答え、リーゼロッテに服を着せると、誰かに伝言をしにいった。

それから朝食が用意されたが、食事を終えた後も彼は来てくれず、所持品も返ってはこなかった。

「うちのお店に、今日お昼から予約のお客様が来るんです。しばらく戻れないのなら、せめてわかるようにお店に札を出しておいてもらいたいのですが……」

再びそう頼み込むと、できる限りのことはしますと答え、侍女はいなくなった。しばらくして戻ってくると、店に「当分の間不在にします」との札をかけるように指示したと話してくれた。

その後、昼食も夕食も届くが、部屋からは出してもらえない軟禁のような状態が続き、深夜近くにようやく昨日の男が部屋にやってきた。

正直、昨日のことがあっただけに怖いと思わなくもなかったけれど、絶対に返してほしいものがあったので、リーゼロッテは毅然《きぜん》とした表情でまっすぐに男の顔を見た。

だが男は困惑したように咳払いをし、さりげなく彼女から視線を逸らしている。

「一体何なんだ」

「あの……私の占いを待っている人の予約が三カ月先までびっしり入っているんです。早く私を自宅に戻してください」

はっきりと自分の望みを告げると、男はうろたえた顔をする。

「いや、貴女を自宅に帰す予定はない。少なくともしばらくの間は」

その言葉に耳を疑った。

「は？　なんでですか？　私の貞操を奪って、聖女ではなくしたんでしょう？　もう普通の女になったんですから、貴方の目的は果たせたんじゃないんですか？」

実は神聖力が消えたわけではない。だがそんなことを馬鹿正直に伝える必要もないだろう。そう思って彼女が続けざまに男に言うと、彼は予想外だったのか、まじまじと彼女の顔を見つめる。

「本当に困るんです。お客さんの中にはいろいろ悩み事を抱えている人がたくさんいて、私の占いを心の支えにしてくれている人だっていっぱいいるんですよ！」

殺す気ならとっくに殺されているだろう。だからこれ以上悪くなることはないと、リーゼロッテは無鉄砲にも男を問い詰めた。

「何故帰せないかといえば……貴女が聖女でなくなった、という証拠がないからだ」

はっきりと自己主張するリーゼロッテを見て、少し面白くなってきたらしい。目を逸らしがちだったのが、徐々に視線が合うようになり、しまいには愉快そうに彼から言われたことに、彼女は思わず絶句してしまった。

「証拠って……」

「それに貴女を攫おうとした者は、町に戻ればまた同じことをするだろう。次は薬なんて悠長な手段を取らずに、いきなり殺されるかもしれない」

（確かに……）

思わず納得してしまった。『聖女ではなくなりました』と言ったところで、信じてもらえるかどうかはわからない。というか……。

「あの、それって私がよく当たると評判の占い師だから、攫われたってことですか？」

「さあ？　そうかもしれないな」

男に答えを濁されたことに気づいて、リーゼロッテは気持ちを切り替えるために小さく息を吸う。

「ではせめて。私の所持品を返してください。特に占いのカードは師匠テレーゼ様の形見で、私にとって命に替えがたいくらい大切なものなんです。お願いですから、私の手許に戻してください」

思わず必死になりすぎて、身を引こうとする男の手を摑んでしまう。そのままぎゅっと手を握りこんでお願いをしたら、逆に彼の方が固まってしまった。

「な、なんであんなことをした男に、そんな態度を取れるんだ！」

そう言いながら男の耳がじわっと赤くなる。それを見ているうちにリーゼロッテの頬も熱くなってくる。昨日の夜の彼を思い出したら、一気に恥ずかしさがこみ上げてきた。

（た、確かにそうだよね）

それでも、テレーゼの形見のカードは何としても取り戻したいのだ。

「そ、そのくらい大切なものなんです。私の貞操なんかより、もっともっと大切な」

手を握りこんだまま詰め寄ると、彼は目を閉じたまま上を向いてしまった。それから天井に向かってはぁっと長い嘆息をつく。

「わかった。カードは返す。だから貞操が云々《うんぬん》とか言いながら手を掴むのは勘弁してくれ」

　気づくと彼の耳は、もうごまかしようがないほど真っ赤になっている。あんな所業をした人間なのに、女性に慣れていないのだろうか。だとしたら何故、彼自身で『聖女でなくす』ような行為をしたのか、不思議に思えてきた。

「あのぉ……」

「だ、か、ら！　手を、離してくれ！」

「ご、ごめんなさい！」

　重ねて言われて、慌てて手を離す。

　何故か話せば話すほど彼に対する緊張感も恐怖感も失せてくる。なんだか目の前の男に妙に親しみというか、引き寄せられるみたいに近づきたくなるのが、自分でも不思議だ。

（一度そういう関係になっちゃったからかな……）

　そういえばサーシャが初めての人は特別な存在になるって話していたような気がする。だが今大事なのは自分の処遇を確認することだ、とばかりに目の前の男性の顔をじっと見つめた。

「……ところで私、今の話だと、しばらくここに住むことになるんですか？」

「ああ、そうなる。当分はこの部屋で生活してもらう予定だ」

「だったら、一つお願いしたいことがあるんです」

　リーゼロッテの言葉に、彼は一つ頷いた。

「可能かどうかは聞いてみないとわからないが……」

「あの、貴方の名前を知りたいんです。名前も知らない人の家にお世話になるなんて、なんだか落ち着かなくて」

笑顔を浮かべながら言うと、彼は絶句してしまった。

「だから……貴方のこと、なんて呼んだらいいですか？」

「……さあな。好きに呼べばいい」

「そんな。衣食住の世話になる相手の名前を知らないなんて礼節のないことをしたら、育ててくださったテレーゼ様に顔向けができません」

「……あんなことをされておいて……か？」

かすかに呟いた彼の言葉は聞き取れなかったけれど、じっと彼の顔を見ていると、彼はまたまた深いため息をついて、諦めたように答えた。

「ルードヴィヒだ」

「ルードヴィヒ様ですね。多分……貴族の方ですよね。どちらの……」

笑顔で尋ねると、彼はリーゼロッテの話を遮るように言葉を続けた。

「……とにかくカードだけでも返そう。だからしばらくこの屋敷でおとなしくしていてくれ」

そう言うと、彼は部屋を出ていったのだった。

第三章　愛のない閨《ねや》の中にて

どうにも気分が落ち着かない。ルードヴィヒはリーゼロッテと別れてから、部屋で眠れない一夜を過ごした。

馬に乗って気晴らしをしようと考えて、彼は早朝にベッドから抜け出し、馬場に足を踏み入れた。すると、この日の修練場当直である女性騎士モニカが彼に話しかけてきた。首を傾げ、ストロベリーブロンドの髪を揺らしてこちらを見上げる。

「こんな早朝からどうされたんですか？」

「いや、少し馬を駆ってこようと思ったんだが……」

「かしこまりました。今すぐルードヴィヒ様の馬を連れて参ります」

そう言うとモニカは厩《うまや》に行きすぐに馬を連れてきた。ルードヴィヒは愛馬に騎乗すると屋敷の裏山を軽く駆けながら、貴族の女性達とは全然違う平民の娘リーゼロッテのことを思い出していた。

（俺は、なんで……あんなことをしてしまったんだ）

彼女から話を聞くだけで良かったはずだ。それでもし教会との繋《つな》がりが見えたり、なにかしらの陰謀に加担していたりする様子があれば、騎士団に引き渡せばいい。そして担当の者に調書を取らせ、必要があればさらに厳しい尋問をさせるだけだ。

彼女の貞操を無理矢理奪って聖女でなくす、などという非情な手段を取る必要なんて一つもなかった。それこそ他の誰かに彼女を任せれば良かった。

(それなのに、自ら率先して可哀想なことを……)

あの夜について思い出すと、胸が苦しくてたまらなくなる。自分で自分の行動が理解できない。獣欲に負けたと言うには、もっと逼迫《ひっぱく》した何かに煽《あお》られるようにして、あんな行動を取ってしまった。

(――誰かに奪われるより先に、彼女を手に入れなければならない)

言葉にするなら、そんな感覚だったように思える。だがそもそも初めて会った女性だし、わけのわからない思い入れを持つような理由も一切思い当たらない。

(今の危険なターレン教会から彼女を救うべきだと、そう思ったのだろうか……。確かに彼女がターレン教会の手に渡れば、その影響は計り知れないが……)

だが今朝届いた調査報告書を見れば、彼女自身が話していたように、現時点で彼女が教会と深い関わりがあるわけでも、彼女自身が聖女を名乗っているわけでもない。単に子供時代の彼女の面倒を見ていたのが、聖女テレーゼだったというだけの話だ。

(とはいえ……やはりターレン教会が彼女を狙っているのにはそれ相応の理由があるはず)

以前からリンデンバウムでは平民を中心にターレン教の信者は多かった。だが十年ほど前に新しい宗主に変わってから、一気に信者が増え今も勢いは止まらず、現在のこの国では、その影響力は無視できない。

（その上、あんな厄介事まで持ち込まれたからな……）

なにより守らなければならない人々が騒動の渦中に巻き込まれている。彼はぎゅっと手綱を握りしめ、かつての親友を思い出していた。

（クラウス……。お前に……約束したからな）

そのためにはリンデンバウムで、ターレン教の勢力がこれ以上強まらないように抑え込まないといけない。

（やはり……彼女には、もう少し屋敷に留まってもらう必要がありそうだ）

そう結論を出しつつも、どこかで彼女を屋敷に留め置けることにホッと安堵している自分がいる。

（なんなんだ、この執着は……）

頭で納得できない苛立ちを解消するかのように、彼は馬に鞭《むち》を入れさらに速度を上げる。愛馬はそんな彼の気持ちを理解してくれたのか、一気に駆け足となった。明け方の緑の森を抜けながら、激しく揺れる騎乗の中でふと気づくと再び彼女のことを考えていた。

（あのような形で、女性にとって大切なものを奪うなど……けして許されることではない。なのに彼女は無邪気に人の手を握って形見を取り戻そうとするなど……）

男と遊び慣れているような女でないことは、破瓜の血が既に証明している。

（だったらなんであんな邪気のない態度を俺に対して取るんだ……）

彼女に働いた無体について心の中で申し訳ないと詫《わ》びる。だが彼女を屋敷に閉じ込めている現状に思い至ると、そのことにどこか後ろ暗い悦びを感じている自分にゾッとした。

（俺はどこかおかしい。何かが狂っている……）

言葉にしがたい気持ちを抱えながら、彼は無意識に自分の左手を右手で覆う。それから懊悩《おうのう》を捨て去るように、さらに激しく馬を走らせたのだった。

＊＊＊

「すごい、聖女リーゼロッテ様の占いは百発百中なのね！」

キラキラした視線を向けられて、リーゼロッテはカードを片手に笑顔を浮かべる。

（やっぱり女の子はみんな、占い好きだよねえ）

カードを返してもらって半月。リーゼロッテの元には次から次へと侍女達がやってくるようになった。表向き彼女は拘束されているのではなく、単に大公邸に招かれて逗留《とうりゅう》していることになっているから、周りの人達も気さくにリーゼロッテに話しかけてくれる。そして時間のある時には、こうして占いを頼まれることも多い。

（こんなお屋敷で、美味しいご飯に、ティータイムには上等なお茶とお菓子。素敵な服を着せてもらって綺麗な部屋で何不自由なく、お風呂まで好きに使わせてもらっているんだ

もの。占いぐらいはいくらでもするわ）

だがこの屋敷が、黒竜大公のものと聞いてさすがのリーゼロッテも絶句した。

（いや確かに、大きくて立派なお屋敷だとは思ったけど……）

リーゼロッテが今滞在している屋敷は王都にあるロイデンタール大公のものだ。ロイデンタールは王家に連なる家系であり、リンデンバウム王国では随一の大公家である。それだけでなく、隣の北の大国との国境地帯でもあるハウザー山脈を守るためとして、独自の騎士団を持つことを認められた特別な貴族だ。

それこそ、王家についで尊い立場にいる一族だと言われている。そしてルードヴィヒは、その若き当主、ロイデンタール大公だった。

（そっか……彼が『黒竜大公』だったんだ）

会ってみたかった黒竜大公は、ヴィーと同じ黒髪に醒めた青い目の男性だった。

十年ほど前、国王オズワルドから王位を簒奪《さんだつ》しようとしたとして当時の大公と大公夫人、成人していた子息達は全員捕らわれ、連座で処罰を受けたのだという。しかも当時成人前だった三男が父を告発し、その貢献をもって連座を免れ大公として跡を継いだ。

その大公の三男がルードヴィヒだった。まるで竜を味方につけたかのような悪運の強さに彼は『黒竜大公』と呼ばれているらしい。

そんなことを考えていると、ふとこちらを見ている視線に気づいた。最初この屋敷に来た時以来、世話をしてくれている侍女マリアンヌだ。

「マリアンヌ様はどんなことを占いましょうか……」

数人を占断した後に声をかけると、彼女は首を横に振った。大公家の侍女達はその多くが大公の封臣一門の令嬢や、貴族と血縁のある人間だ。だから大公家の客人という扱いになっているが平民のリーゼロッテは、彼女達に丁寧に話をするようにしている。

「リーゼロッテ様こそ、先ほどからずっと占っていらして、お疲れでしょう？　少し休憩を取られたらいかがですか？」

教育の行き届いている侍女達は、マリアンヌの言葉にハッとして、即座に大公の客人にふさわしい対応に切り替える。

「リーゼロッテ様、申し訳ございません。つい楽しくてたくさんお時間をいただいてしまいました。すぐにお茶の準備をいたしますね」

そう言うと侍女達はお茶の準備のために部屋を出ていく。何となく手持ち無沙汰になったリーゼロッテは、カードで気になっていることを簡単に占ってみることにした。

（……ねえカードの神様、教えて。ルードヴィヒ様の正体は、やっぱりヴィーなの？）

黒い髪に青い瞳。それに最初会った時には自分より十歳ほど年かさに見えたが、実際はまだ二十六歳なのだと言う。二十三歳のリーゼロッテとは三歳しか年が離れていない。しかも顔はヴィーの親族か、と思うほどそっくりだ。

（やっぱりどう考えても……彼はヴィーの可能性が高いよね）

彼が『黒竜大公』と呼ばれている、具体的な理由を知ることはできなかった。彼自身が

『黒竜大公』と言われることを快く思っていないようなので、その噂話の詳細を彼に直接聞くことはできないし、出入りしている侍女達に世間話のようにちらりと尋ねたが、王都の屋敷にいる彼女達は何も知らないようだった。

（でも、もしも彼がヴィーだったら……）

あの初めての夜の、彼への拒否感のなさは理解できるような気がした。

（だって、ずっと好きだった人だもん。それに私、勘はすごくいい方だし。彼がそうだって本能的にわかっていたから、彼のことをイヤだと思わなかったんじゃないかな）

そんなことを考えつつ、用意してもらったお茶を飲む。少なくともこの屋敷の人間はみんな親切で平民のリーゼロッテにも優しくしてくれる人ばかりだ。

（これって、多分ルードヴィヒ様のおかげだよね）

屋敷に行くと、そこで働いている人達の様子で主人の人柄がわかる。そういう意味では、ルードヴィヒはリーゼロッテに対して酷い扱いをしたかもしれないが、主人としては悪くない人間のような気がした。確かに未だに大公邸に拘束されているが、最初の頃のように部屋に閉じ込められることはなくなり、屋敷の中と庭までは自由に歩いても許されるようにもなった。

（敵対する気なんてないいんだから、少しは信頼してもらえるようになっているといいんだけど）

お茶を飲み終えたリーゼロッテは立ち上がると、ゆっくりと窓辺に向かう。賑やかだった侍女達もいなくなり、のんびりと伸びをしながら景色を眺める。眼下には美しい庭があり、色とりどりの花が咲いていた。

「あ、あれは……」

その庭をルードヴィヒが歩いていることに気づいた。カードを返してもらう話をして以来のルードヴィヒの姿だ。

「ちょ、ちょっと私、庭に行ってきます！」

咄嗟にそう言うと、マリアンヌを置いてリーゼロッテは走り出す。待ってくださいませ、という声が聞こえたが無視した。

（とにかく、ルードヴィヒ様と話をしないと）

このまま何となく、屋敷に居続けていてはダメな気がするのだ。予感めいたものを胸に抱えてリーゼロッテは屋敷の外に出る。だが大きな屋敷だから、ようやく庭に降りた時には、既にルードヴィヒの姿は見えなくなっていた。

（どうしよう……誰か、ルードヴィヒ様がどこに行ったのか知っている人はいないかな）

辺りを見渡すと、庭を散歩している時によく挨拶をしている庭師が、木の剪定《せんてい》を行っているのに気づいた。

「庭師さん、こんにちは。あの、ルードヴィヒ様はどちらに？」

「リーゼロッテ様、ごきげんよう。ご主人様ですか？　多分、修練場に向かわれたのだと……」

「修練場ってどこですか？」

尋ねると、愛想の良い庭師は庭の向こうを指さした。

「ここの庭の終わりに門があって、その向こうが騎士団の修練場です」

「ありがとうございます」

リーゼロッテはお礼だけ言うと、庭師の言った方向に向かって走り出す。

（修練場って……剣の訓練とかしているところだよね、きっと）

彼と直接話をするためには、あまりたくさんの人がいないといいのだけれど。そう思いながら進んでいくと、門の向こう側には開けた土地があって、その奥には広大な森が広がっている。向かって右には騎士団本部らしき建物と、左側には広い修練場が広がっていた。どこかに馬がいるのか、嘶《いななき》が聞こえる。

「お屋敷の隣にこんな広い土地があったなんて……」

そもそもお屋敷も広いし、森は広大だし、騎士団の施設もすごく立派なのだ。わあわあと、人が叫んでいる。なんだろうと近づいていくと、修練場ではルードヴィヒと、彼よりは十歳ほど年上と思われる赤髪の男性が剣の打ち合いをしていた。

（あれ、もしかして、最初の時にいた人かな……）

攫われて目が覚めた時に、ルードヴィヒと一緒にいた男のような気がする。そんなことを考えていたリーゼロッテの目の前で、息もつかせぬような激しい剣戟《けんげき》が繰り広げられていた。

「騎士団長、年のせいで少々体力が落ちてきたのではないか？」

「ルードヴィヒ様こそ、このところ剣を持つ時間が減って、剣先がぶれているじゃないですか」

ルードヴィヒ達の向こうでは、騎士団員達が数十人、二人の訓練の様子を見ながら好き勝手なことを囃《はや》し立てる。

（すごい……これ、訓練なの？）

あまりに激しい打ち合いをしているのでびっくりしてしまうが、周りの騎士達は楽しげだ。

「騎士団長が負けたら、団長をクビにして次の騎士団長は俺にしてくださいよ」

「いやいや、お前じゃ力不足だって。一回でも団長に勝ったことあんの？」

「じゃあ、お前の方が俺より強いって言いたいわけ？」

「お前ら、副団長の俺を無視するな！」

副団長らしき男性がそう声を上げると、どっと笑い声が上がった。そんな中でも、ルードヴィヒと騎士団長の打ち合いは続いている。

（騎士団長って言っていたから、相手の人はきっと一番強いんだよね）

だが、騎士団長の重たい剣を受け流すルードヴィヒは体格こそ団長に劣るものの、その分攻撃のスピードが速い。素人のリーゼロッテが見ている限り、二人の打ち合いは甲乙つけがたいように思えた。

（ルードヴィヒ様も、強い……。すごいなあ……）

軽く唇の端を上げ、剣を操っているのがとても楽しげに見える。軽やかなステップで翻弄するように騎士団長の大剣を誘い、一度引いた騎士団長の剣が今度はルードヴィヒの剣を捕らえる。大きな金属音がして、リーゼロッテは息を飲む。緊張する鍔迫《つばぜ》り合いを初めて間近に見ていると、自分が戦っているわけでもないのに、心臓がドキドキと煩い。

（どうしよう。ルードヴィヒ様、かっこいい！）

キラキラ光る汗と、激しい動きに合わせてなびく黒髪。リーゼロッテの前では冷たい色を浮かべていた青い目も、今は楽しそうに輝いている。

だが次の瞬間。リーゼロッテの後ろの、思いかげず近いところで馬が嘶く声がして、ハッと声の方を振り向く。すると何故か馬が一頭、こちらに向かって全力で走ってくるのが見えた。あまりの勢いと速さに、リーゼロッテは呆然として動けなくなってしまった。

「誰だ馬を放したのは！」

「止めろ、蹴り飛ばされるぞ」

「そこの女、逃げろ！」

一斉に騎士達が駆け寄ってくる。だがリーゼロッテは間近に迫ってくる馬に驚いて腰を抜かしてしまっていた。

「あっ」

瞬く間に馬の姿が近づいてきて、恐怖で足が竦《すく》み逃げ出すこともできない。このままではあの強くて硬い蹄《ひずめ》で蹴られてしまう、とリーゼロッテが目を瞑《つぶ》った途端。

ざっと何かが駆け寄り、次の瞬間抱きかかえられて土の上を転がった。興奮した馬は腰高の柵を跳び越え、修練場の端まで走っていく。騎士達が静かに近寄って声をかけると、馬は徐々に速度を落とした。

「……大丈夫か？」

地面の上をすごい勢いで転がったはずなのに痛くない。そう思いながら声が聞こえた方を見上げると、自分がルードヴィヒに抱きかかえられていることに気づいた。瞬間、冷や汗だかなんだかわからない汗がこみ上げてきた。

「あ、あ、ありがとうございます」

お礼を言った途端、全身がガクガクと震えはじめる。恐怖と不安とが一気にやってくる。かぁっと体全体が熱くなって、涙がぶわりと湧き出した。

「ちょ、ちょっと待て。今、侍女を……」

「あああああ、怖かったぁぁぁぁ」

涙が大量に溢れてきて、ぼろぼろと子供みたいに泣き始めてしまった。

「え、なん……け、怪我はないか？」

ルードヴィヒは最初会った時の冷たい態度とは真逆の、狼狽《ろうばい》したような声と心配そうな表情を浮かべている。リーゼロッテはどうしていいのかわからなくて、目の前の彼に抱き着いて、全力でしがみついたままぼろぼろと涙を零し、挙げ句の果てにしゃくりあげながら号泣してしまった。

「……どこか痛いところでもあるのか？」

ようやく具体的に尋ねられて首を左右に振る。

「だいっ……じょうぶ、です。ごめん……なさい。あの、びっくり……しただけ」

土の上に座り込んだ姿勢で、彼にしがみついたまま答えると、彼はおそるおそる手を伸ばしてきて、そっとリーゼロッテの背中を撫でる。

「そうか。馬の暴走はこちらの管理不足だ。馬場から逃げ出したのだろう。……すまなかった」

とんとんと背中を慰めるように触れられて、徐々に涙が落ち着いてきた。

「すび、すみません」

謝る声すら鼻が詰まって情けない。ようやく彼の背中からそっと手を放した。

「ご、ごめんなさい。あの……」

「誰か、彼女を屋敷まで連れて行って、医師に怪我がないかどうか診てもらってくれ」

彼は騎士団員達にそう声をかけた。

「いやぁ、ルードヴィヒ様が、責任もって屋敷まで運んでくださいよ〜。御自分で屋敷に連れてきたんでしょう？」

「こっちは馬の管理状態を確認してきますから」

「いったん訓練は中止だ」

三々五々に散らばり始めた騎士団員達を見て、ルードヴィヒはため息をつき、それから諦めたようにリーゼロッテの膝の下と背中に手を回し、ひょいと抱き上げた。

「え？　……きゃぁっ」

突然の高さに、思わず怖くてぎゅっと抱き着いてしまう。彼はそのまま歩き始めた。

「あの、大丈夫、です。怪我もないですし、自分で歩けます」

「…………いや、いい」

さらにもう一度深々とため息をついた彼は何も言わず、彼女を抱き上げたまま屋敷に戻っていったのだった。


屋敷では念のためにと彼女の寝室に医者が呼ばれた。服が汚れているので寝巻きに着替えて診察を受けた。

「特に怪我もされていないようで良かったですな」

とりあえず先ほどは勢い良くゴロゴロと地面を転がったが、それだけで怪我もしていないらしい。

「ルードヴィヒ様こそ、大丈夫ですか？」

自分が怪我一つ負っていないのは、多分彼がかばってくれたからだろう。そう思って目の前の眼鏡をかけた初老の医師に尋ねるが、彼は笑って首を横に振った。

「当主様はその程度のことで怪我をするような方ではありませんよ。鍛え方がそもそも違

います し、それに昔から大きな加護に支えられている方ですから」

気兼ねない様子を見れば、医師とは付き合いが長いのかもしれない。ルードヴィヒは
ムッとしたような顔をしつつも、肩を竦めている。

「ああ、俺のことは別に診察しなくていい」

「それでは、私は失礼します」

笑顔の医師は二人に挨拶をすると部屋を出ていく。

「俺も失礼す……」

「ちょ、ちょっと待ってください」

そのまま外に出ていきそうな彼を、咄嗟に引き留めてしまった。眉根を寄せて不機嫌そ
うな顔をされるが、ちっとも怖くない。

「……なんですか？　偽聖女殿」

「私はそもそも聖女なんかじゃありません」

はっきりそう言うと、彼はまた肩を竦めた。

「だが、聖女テレーゼの愛弟子なのだろう？」

「それは確かに……そうですが」

親のいなくなったリーゼロッテを見習いとして引き取り育てたのはテレーゼだ。そうい
う意味では唯一の弟子であることは間違いない。

（でも……彼の言っている意味とは違う気がするんだよね……。なんて説明したらいいの

かな）

口ごもる彼女を見て、彼は一歩近づいてきた。

「貴女には神聖力もあると聞いた。そもそも神聖力は聖女に備わっているものじゃないのか？」

その言葉にリーゼロッテは首を左右に振る。

「聖女ってターレン教の話ですよね。テレーゼ様の話ですと、神聖力はターレン教とは関係ないし、別に聖人や聖女じゃなくてもあるとおっしゃっていました。ただ本人が自覚していないことも多いみたいですが……」

リーゼロッテは初めてテレーゼと会った頃のことを思い出す。リーゼロッテは貴重な神聖力を持つ子供だったので、テレーゼに引き取られたのだ。

『神聖力は、人を助けたいと思った時により大きく働く。その気持ちが強いほどより強い力を発揮できるんだよ』

聖女の言葉を想起しながら、リーゼロッテは彼に伝えた。

「誰かのために使えば増幅され、自分に使うと減衰するのが神聖力。聖女と名前がついていない人だって、力があれば使えるんです」

「つまり教会とは何の関係もない力ということか？　このところ、貴族でもターレン教を信じる人間が増えてきているからな。だが貴女の話では、神聖力はターレン教と直接関係ないように聞こえるんだが」

（そもそもなんで神聖力とターレン教会の名が結びついているのかな）

彼が言っていることの意味がわからなくて、リーゼロッテは首を傾げた。

「はい。だって私、テレーゼ様からターレン教の教えを、教わったことはないですよ」

リーゼロッテの言葉に彼は大きく目を見開いた。

「聖女テレーゼの弟子なのに、ターレン教徒ではないと？」

彼の言葉にリーゼロッテは頷く。

「はい、そもそもテレーゼ様もターレン教徒ではないです。テレーゼ様自身は人を救うための役に立てたらそれでいい、という方だったので名称は気にしてなかったみたいですが。教会が神聖力を使って人を助けたテレーゼ様を、勝手に『聖女』に認定しただけなんだと思いますけど」

彼女の言葉に、ルードヴィヒは息を飲んだ。それからしばらく何かを考えてから、小さく頷く。

「ということは、貴女の占いが当たるのは、ターレン教とは関係なく、もともと持っていた神聖力を使用しているからにすぎない、ということか？」

ルードヴィヒはリーゼロッテに尋ねる。

「はい、多分。……少なくとも、テレーゼ様には『リーゼロッテは相手が幸せになってほしいと思って占っているから、当たるんだ』って……そう説明されました」

（だから、私が自分自身について占う時は、的中率は下がっているはず、なんだよね）

その人が幸せになってほしいと願って占っているけれど、正直神聖力を使っているか、使っていないかの自覚はない。そう言うと、何故か彼は唇を歪めて不機嫌そうな笑みを浮かべた。

「なにはともあれ、聖女テレーゼ様からもらったカードを取り戻した貴女は、再び占いを始めた。……日付、人物、出来事。どれも完璧に言い当てているそうだな。侍女達が騒いでいた」

その言葉にリーゼロッテはハッとした顔をする。

「つまり貴女は未だに、神聖力を使って占いをし続けていると、そういうことか。単なる占いならそこまでは当たらないだろうからな」

鋭い視線を向けられて、リーゼロッテはきゅっと唇を引き締めた。

「それは……わかりません」

「……そもそも教会の言い分では、聖女は純潔を失えば聖女ではなくなるのでは……なかったか？」

リーゼロッテは答えに迷う。彼女は自分自身の経験から、処女性と神聖力が直接結びついているとは思っていない。だが彼はそれをもくろんで、リーゼロッテの純潔を奪ったのだろう。それが関係ないとしたら、彼はリーゼロッテをどうするのだろうか。

（話の経緯から言って、私が聖女として利用されることをルードヴィヒ様は望んでいないはず。だったらもし私が純潔を失っても、神聖力を失わなかったら……）

貴族である彼からすれば、平民の自分など虫けらも同然だろう。そうであれば……。

「私が神聖力を失っていなかったら、貴方は私を始末しますか？」

じっと見つめて尋ねると、彼は言葉に詰まった。リーゼロッテはぐっと手のひらを握りしめ、敵を見るような顔で彼を睨みつける。

「だって……私が違うと言っても、神聖力を持っている限り、誰かが私のことを聖女だと言うだろうって考えていらっしゃるんですよね。そして聖女となった私が何かに影響を及ぼすことを警戒していらっしゃいますよね」

それが何なのか、その辺りはまだわからない。

（私だって聖女だと思われないようにしたいけど……）

なにより『黒竜大公』がヴィーなのだとしたら、何をおいても助けてあげたい気持ちは変わっていない。だがその方法が、自分が彼の前から永遠に姿を消すことだというのであれば、ずっと彼を探してきたリーゼロッテにとってはなんて皮肉なことだろうと思う。

「私……ルードヴィヒ様の邪魔をしたいわけじゃないんです。いえ、できたら助けたいって考えています。それなのに、私の存在が迷惑だって言うのなら、私はどうしたら……」

じわっと涙が浮いてくる。最初は人攫いから救ってくれたけれど、そのまま自分の屋敷に連れてきて拘束して、リーゼロッテの自由を奪っている人だ。人攫いと彼の行ったことにどんな違いがあるというのだろう。だから彼を恨んだっておかしくないのに、何故か全然そんな気持ちになれない自分が不思議で仕方ない。

「私……」

彼の前ではいつも感情が激しく揺れ動き、普段の自分ではないみたいな反応をしてしまう。目頭が熱くなり、まるで何かに引っ張られるように彼にしがみつき、じっと濡《ぬ》れた目で彼の顔を見上げた。すると彼はきゅっと奥歯を噛み締めるような顔をして、自分の左手の甲を、右手で覆い左手の中指辺りを握りしめるようにしてから、手を伸ばしそっとリーゼロッテの頬を撫でた。

「だったら、もう一度……」

そう言うと一歩近づいてくる。理解不能な彼の変化にリーゼロッテは後ずさった。ベッドの端に膝の裏が当たり、彼の顔を見上げた途端、ルードヴィヒはもう一歩進んで、リーゼロッテをベッドに追い込む。

「この間の一回では、上手く純潔を奪えていなかったのかもしれない」

じっと自分を見つめる彼の目が熱を帯びている。そんなわけないじゃない、とリーゼロッテが反論するより前に、その目を直視しただけでドキリと心臓が跳ね上がり、ゾクリと体が震えた。闇を孕《はら》んだ彼の青い瞳に既に意識ごと吸い込まれそうになっている。

「だったら、何度でも貴女を抱いてみよう。神聖力が消えるまで……」

背中を支えられて、そっとベッドに押し倒される。手を取り彼が口づけを落としたのは左手の中指の爪先。瞬間、竜の指輪がじんわりと光を放ち始める。

（彼は何も気づかない……）

「俺が確信できるまで、幾夜でも……」

言葉だけは苛烈なのに、額に触れる唇は優しくて熱い。リーゼロッテは小さく吐息を漏らすと、薄目を開けて目の前の彼のことを静かに見つめた。彼はリーゼロッテの頬を撫で、唇にキスをする。柔らかなその唇は、次の瞬間強く押し当てられ、何度も口づけられる。舌でチロリと唇を淫らに舐め上げられて呼吸が止まりそうになった。

「ルード、ヴィヒ、さま」

どうしていいのかわからなくて、ただ彼の名前を呼ぶ。薄く目を開いた彼と目線が合うと、前回より優しい表情をしているような気がして、胸がキュンとした。

（本当にルードヴィヒ様が、ヴィーだったらいいのに……）

ヴィーだったら、自分の持っている彼の欲しいものを全部あげてもいいのに。心のどこかで彼はヴィーだと信じている自分もいる。

（でもこうなってしまったから、そう思い込みたいのかもしれない……）

人のことを占う時は何でも読み取れるのに、自分のことはからきしダメだ。それでも自然と彼を愛おしく思う気持ちが湧き出してくる。手を伸ばし、彼の頭に触れてそっと髪を撫でた。すると彼はびくりと体を揺らし、息を震わせた。

「貴女は……どうして……」

何かを言いかけて、彼は首を左右に振る。

「貴女が……俺には全然理解できない。なんだ、この疼《うず》くような感覚は……」

眉を顰める様子に、可哀想にという同情心が湧く。

「ルードヴィヒ様、なんでそんなに苦しそうなんですか？」

そう尋ねると、口封じをするように強く唇を押し当てられる。かすかに『わからない……』という言葉が聞こえたような気がした。

「んっ……っ」

だが、次の瞬間ぬるりと舌が唇を割ると、執拗に舌を絡められて意識がもうろうとしてしまう。指輪がずっとじわじわとした熱を持っている。

「貴女はなんで……」

繰り返す囁《ささや》き交じりの熱っぽい吐息が、一瞬離れた唇から漏れる。胸が切なく焦がれるようで苦しい。もう一度彼に触れたくて髪を撫で、うなじに手を置いた。

「――っ」

一瞬彼がぎゅっと強く目を瞑り、それから目を開く。青い瞳の色はヴィーと一緒だ。やっぱり貴方はヴィーではないかと尋ねたくなる。言わない代わりにぎゅっと彼を抱きしめた。

「本当に、馬鹿だな、貴女は……」

そう囁きながら、彼はリーゼロッテの腕から逃げるように、身を起こすと、彼女の腰をまたいで膝をつき、彼女の胸元をくつろげる。寝巻きに着替えているからそれだけで大きく胸が露出してしまう。

「偽物聖女の癖《くせ》に、清らかな香りがするな……」

ため息と共に呟くと、彼はゆるりと首筋から鎖骨を撫で、胸の外側から柔らかく触れた。

「んっ、ふっ」

刺激にピクンと体が跳ね、声が漏れそうになる。それを抑えるため、咄嗟に手を口に押し当てると、彼は気に食わなそうに眉を顰めた。

「あっ」

そのまま手を捕らえ、頭の上の方で両手を押さえられてしまった。

「俺から何も隠すな」

言葉は冷たくて声の響きもなんだか怖がらせるみたいなのに、目はどこか笑っているような気がして、違いに気づくと心臓がドキリとして、ジワリと頬が熱くなる。慌てて視線を逸らすと、彼は胸に顔をうずめた。

「もう……体の熱が上がっている。肌も上気して薔薇《ばら》色だな」

ぼそりと言われると、恥ずかしくて体の中で何かが暴れてますます熱が上がりそうだ。

きゅっと唇を噛んで恥ずかしさに耐えていると、柔らかく胸を包まれて既に感じ始めている胸の尖《とが》りを撫でられた。

声を出すのはどうしてもみっともないような気がして必死にこらえていると、自然と彼に押さえられている手に力がこもる。押さえ込まれているのに彼の指先が自分の指と交互に絡み、なんだか手を繋いでいるみたいだ。

「一度は情を結んだんだ。そこまで怖がらなくていい。それに少々声を上げたところで、誰も気づかない。ここは屋敷の一番奥の部屋だからな……」

そう言って、彼はついばむように尖った胸の周りにキスを落とす。その後焦らすように乳輪を舐め、さらに周りにキスした。どんどんキスされる範囲が広がっているのに、舌で触れられていない胸の先が、チクチクとしてきて、なんだかお腹の奥が切ない。だからと言って、先まで舐めてほしいなんて言えるわけもなくてじりじりとしている。徐々に恥ずかしさでいたたまれなくなっているのに、それでも快楽を求める自分の浅ましさに自然と涙が出てきそうになる。瞬間顔を上げた彼と目が合って、彼が一瞬何とも言えないような表情をした。

「苦しいのだったら……」

そう彼は言いかけると、自分の言葉を打ち払うように胸の先に吸いついた。

「あ、あぁっ」

瞬間、ツンとした刺激が胸から脳天までを貫く。なんだか頭の中のどこかが白くはじけるような感じがして、たまらず甘い声が上がった。気持ち良い、と自然に思ってしまう。

「感じたら、そうやって我慢せず啼《な》いたらいい。その方が聖女らしくなくて、早く俺から解放されるかもしれない」

意地が悪いくせに彼の声は妙に優しくて、ふわっと舞い上がるような気分になった。

「貴女は……聖女じゃないんだろう?」

声の響きはかすかにからかいが交じり、昔ヴィーに『薬作りが下手な、聖女の弟子』とからかわれた時みたいな親しい響きがあるように思えた。

(気のせいかもだけど……それでもいい)

ヴィーかもしれないと、そう思っていた方がいいのだ。だってこんな状況になっても、リーゼロッテは彼を拒否する気なんて起きないのだから。どうせ受け入れるなら少しでも納得できる理由があった方がいい。

「私、聖女なんかじゃ、ありません」

挑戦的にそう答えると、彼は鼻を鳴らし再び胸に舌を這わせる。抗うつもりがないことがわかったからか、彼は拘束していた手を放し、リーゼロッテの胸を持ち上げて愛撫した。それからゆっくりとその手は脇腹に触れて、わずかにくすぐるようなことをした。

「ひぁっ！」

びっくりしてビクンと震えると、彼はかすかに口角を上げる。

「感じやすいんだな」

「くすぐったがりってことですか！　そうですよ!!　きゃっ、やめてください。くすぐるの！」

咄嗟に悲鳴を上げて逃げ出そうとすると、それがおかしかったのか彼はついに声を上げて笑ってしまう。

「そうか、くすぐったいのか。だったら……こんなことをされたらもっとくすぐったいのか？」

押さえ込まれてくすぐられると思って緊張していたら、そっと優しく臍《へそ》から下腹部へ唇を這わせる。リーゼロッテの金色の茂みの中から、彼は露に濡れる小さなつぼみを探り出すと、そっと指先で触れた。

「あっ……」

この間は感覚が鋭すぎて痛いような気がしたけれど、今日はそこまでのことはなかった。きっと彼が丁寧に触ったからだろう。それでも、体が少し強張ったのを見て、彼はそこに顔を伏せた。

「え、あのっ……何を」

声を上げた途端、彼は何も言わずにそこに舌を這わせた。

「だ、ダメです。そんな汚いところ……」

慌てて逃げ出そうとしたけれど、お尻をしっかりと手で摑まれて逃げられない。しかもやわやわと揉《も》まれ、なんだか急に喉がひりつく感じがして、緊張で心臓が喉まで上がってきそうな気分だ。

それなのに彼はためらうことなく、リーゼロッテの感じやすい部分を大きく広げると舐めて尖りを舌先でころころと優しく転がす。

「や、ぁあっ」

たまらなくて声が上がってしまう。初めての感覚にじんと血が体をめぐるような感じがして、どこかに力が入っているのか、足の先がかすかに震えた。

「は、ぁあっ……ぁあんっ」

耐え切れない声が、淫らに口から溢れて、静かな部屋はリーゼロッテの小さな喘《あえ》ぎでいっぱいになる。恥ずかしくて、どうしたらいいのかわからなくて、顔に手を当てて、ただ震えている。

「やっぱり感じやすいな。この間より早く、たっぷりと濡れてきている。今にも蜜が糸を引きそうだ」

なんてことを平然と言うのだろう、と思いながらも、お腹の奥がぞわぞわして、指が入ってきた中がキュンと収縮するような感じもする。彼の指を締めつける自分の体が淫らで恥ずかしい。

前回の嵐のように過ぎた初めての時より、怖くない分いろいろと体の感覚がはっきりわかりすぎて、どうしていいのか混乱する。

「あぁっ、ダ、ダメ、です……」

かすかに漏れるのは制止の言葉なのに、気づくとベッドのシーツを掴んで、快楽を感じて上がる喘ぎが途切れなく唇から溢れる。切なげなくせにどこか物欲しげだ。

「この間は……辛かったか？」

一瞬尋ねられたけれど、もう答えることもできない。ただその気遣うような声の響きに、きゅっと胸が締めつけられて、涙が零れそうになる。

(優しくされたら……期待してしまうのに)

彼が本当にヴィーだったら。ヴィーがリーゼロッテを本当に愛してくれたら、こんな風に言葉をかけてくれるのだろうか。ルードヴィヒの唇も指も、どこかに優しさがあって、この間のように彼女を傷つけようなんて感じがしなかったから、だから……。

「大丈夫、です。全然……」

涙を浮かべて笑うと、彼はグッと息を飲むような顔をした。

「……馬鹿な女だ」

冷たい言葉を切なげな声で囁く。

「不思議な、人ですね。貴方は……」

彼の声に応えるように言うとぽろりと涙が零れた。小さく笑顔を浮かべると、彼は身を起こして、そっと涙を唇で食む。それは何故か慈愛のこもった仕草に思えて、リーゼロッテは彼が人を愛することを知っているのだ、と思った。

「すぐ泣く貴女が聖女でなければ……いい。それだけだ」

彼はそう言うと、体を開き、ゆっくりと侵入してくる。強く逞《たくま》しいものに貫かれて、一瞬歓喜のような感覚が体に広がる。

(なんでだろう。幸せな、気持ちになる)

ぎゅっと彼のうなじに手を回す。ふと初めての夜のことを思い出し、ハッと指輪を見る。けれど、今回それは光ることはなく、この間の痛みで麻痺《まひ》するようなこともなく、そ

の代わり自分の体の中で、彼の肉感がはっきりとわかった。

（すごく、熱くて、硬い……）

ぐぐっと押し開かれて受け入れたそれを、自分の体が包み込み、彼を味わうように内壁が時折きゅぅっと収縮する。ジワリと神聖力が湧き上がる感じがして、体中が熱い。思わずきつく彼に抱き着くと、彼は、ハッと息を詰めた。

（あぁ、これが大切って、気持ちなんだ……）

理性よりも感情が溢れる。好きとか嫌いとか、そういうものではなくて、包み込み守り愛したい。そんな不思議な感情が体の奥から湧き上がってくる。リーゼロッテを自分の屋敷に連れ込み、無理矢理純潔を奪って、その後も屋敷に拘束しているような男だ。それなのに彼女の心は『愛したい』と本能的に思ってしまう。

理性では理解しがたいことではあるのだけれど、それでも彼女は自分の体と自由を奪っている目の前の男性が愛おしく思えて仕方ない。

（不思議だけど……こんな気持ちを持っていたら、嫌いになんてなれるわけがない）

胸に上がってきた感情を素直に受け入れると、自然と体から力が抜ける。それと共に理性に押し殺されていた感覚が湧き上がってくる。

きっと慣れていないのだろう。ぎこちなく彼女を貫くたびに、乱れる彼の呼吸も、切なげな指の力も、苦しげに寄せる眉根も、なんだか一つ一つが大切な宝物のように思えてきてしまう。

「あぁっ、そこっ……」

張りつめた彼が中でこすれるたびに、言葉にしがたい愉悦がこみ上げてくる。愛おしくて大事な存在を自分が今、独占し包み込んでいるのだと、胸が熱くなり脳が沸騰しそうな感じになる。彼が女性に不慣れな様子なのもなんだか嬉《うれ》しい。

（あぁ、私、完全にヴィーとルードヴィヒ様を混同しちゃっているかも……）

しかしヴィーだと思えば、愛されていること自体がたまらなく幸せだ。たとえそれがかりそめの関係だとしても……。

体で彼を感じて、幸せだと認めてしまった瞬間、深い悦びがこみ上げてきた。彼が彼女を摺り上げるたび甘い声が上がり、彼の背中に手を回し快楽を彼に伝える。

（男女の交わりって……こんな風に気持ち良いんだ）

頭の中がとろとろに溶けて、濡れた体が密着するせいでより一層彼と一つになっていく感じがする。呼吸が速くなって心臓の鼓動が高まり、ドキドキが彼に伝わるのじゃないかというほどに激しく互いに体を打ちつけ合う。思わず彼の逞しい腰に足を絡めて、深くまで彼が欲しいとねだる。

「あぁ、もっと……奥まで」

そう囁くと、彼は青い目を欲望に染めて、さらに深いところまで突いてきた。こつんと奥が当たるような感覚があった瞬間、せき止められていた水が溢れてくるみたいに、先ほどから感じていた気持ち良さが血液に溶けて全身を駆け巡る感覚がする。

「あぁ、ヴィー、いいの。すごく……気持ち良いの」

生まれて初めて深い絶頂に達しながら、思わず呼んでしまった名前について、彼は何も尋ねてくることはなかった。

第四章　ルードヴィヒの過去

それからルードヴィヒは、時折彼女の元を訪ねるようになった。それは夜だけでなく、忙しいはずの日中に中庭に呼び出すこともあった。

「もう先に着いているかな、ルードヴィヒ様」

呼び出されたのは、今まで行ったことのない中庭の奥だ。一人歩きながら彼を探す。庭には丹精された季節の色とりどりの花が咲いている。その一つに目を留めた瞬間、リーゼロッテの足が止まった。太陽と月が交わる時間の空の色をした、小さな花をつけた樹木だ。きっと植えられてから十年も経っていないであろう。だから夢の中に出てきたあの大木とは大きさが違うけれど、間違いなく同じ花が咲いている。

『ライリーの葉は乾燥させて磨り潰して軟膏《なんこう》に混ぜるといい傷薬になるんだよ』

そう教えてくれたテレーゼの顔を思い出す。とても愛らしく、故郷の村でも人気のある花だが、温暖な王都では自生しない。この大きさにするのも管理が大変なはずだ。そんなことを考えつつも、懐かしい花を大公邸で見かけてしまって、なんだかあの頃の気持ちを思い出し、そわそわしてしまった。

（ヴィーはどうしているんだろう。やっぱりルードヴィヒ様はヴィーじゃないのかな。でも覚えていたとしても夢の中の出来事だから、現実のこととは結びつけてないかも。そもそも私のこと、知らないって顔してたから……）

もやもやとした気持ちは晴れることはない。なんとなくスッキリしない気分でライリーの花に触れようと手を伸ばしたその時だった。

「リーゼロッテ」

後ろからルードヴィヒに声をかけられた。

「ルードヴィヒ様、この花って……ライリー……ロイデンタールの植物ですよね」

「ああそうだ。……よく知っているな」

ロイデンタール領はリンデンバウムの北側にある。リーゼロッテのいたフランツ村は、ロイデンタールの領地のさらに北の端っこにあったから、故郷を出てきて以来見た花に自然と笑みが零れた。

（やっぱりライリーだ。すっごく、懐かしいなあ……）

山に囲まれた故郷の冬は寒いけれど、ライリーが咲く頃には芽吹いた緑は青々として、凛とした空気も暖かくなっていく。動植物は人間も含めて、短いけれど豊かな北国の夏を全力で待ち構えて、ウキウキしているのだ。故郷の初夏の香りが鼻腔《びくう》をくすぐり、郷愁を感じた。

「だって私の故郷のフランツ村は、ロイデンタール領にある村でしたから」

ふっと笑顔を浮かべて答えると、彼は軽く目を見開いた。

「そうか、では北の辺境にあるあの小さな村に、聖女テレーゼがいたのか……」

彼は領主でもあるから、領地のことは小さな村まで把握しているのだろう。もちろんそんな村に誰が住んでいるかなど興味もないのだろうけど。リーゼロッテが黙っていると、彼は再び口を開いた。

「聖女といえば、貴女はまた占いをしているそうだな」

彼の言葉にリーゼロッテは素直に認めるしかなくて頷く。

「占ってほしいと言われると、いろいろお世話になっているから、つい……」

「……聖女テレーゼは、神聖力で流行病から人々を救ったのだったな」

占いをしたことを責めるわけでもない彼はヴィーと同じ青い目を、ライリーの木の下でリーゼロッテに向けているから、彼女は不思議な気分になる。

「リーゼロッテ」

彼に名前を呼ばれると胸が高鳴る。たくさんの人を従える大公にふさわしいよく通る声だけれど、幼い頃のリーゼロッテの名前を呼ぶ言い方にもなんだか似ているような気がするから、どうしても胸がドキドキしてしまうのだ。

（せっかくだったら、リーゼ、って呼んでくれたらいいのに）

ヴィーに呼ばれていた彼女の愛称を思い出すと切ない気持ちになった。

「聞いているのか？」

「え？　あ、はい。でもテレーゼ様は何か奇跡を起こして王都の人達を一気に救ったということではなく、神聖力を籠めた薬を作って、町の人達を治療したんです。以前流行病の対応の仕方を聞いたことがあります。……最初に病に罹《かか》った人を健康な人達から隔離して、その上で病気の人達には薬を飲ませて、治療を行って……。そうやって少しずつ着実に人々を救ったのだと聞きました。テレーゼ様は神聖力で奇跡を起こす聖女ではなくて、神聖力を練り込んだ希少な薬を作れる優秀な薬師でしたから」

「では、貴女もそんな特別な薬が作れるのか？」

その言葉に昔のヴィーとの会話を思い出す。懐かしさに小さく笑みが浮かんだ。

「いいえ。私には薬作りの才能がないと、テレーゼ様に言われました」

「そうか、貴女は薬の作れない聖女か」

リーゼロッテの言葉に、ルードヴィヒの片方の口角が、ニッと笑うように上がる。その笑みにドキッと心臓が高鳴った。

（薬の作れない聖女ってからかった時のヴィーと同じ顔をして笑うんだね……）

「そうですけど、何か？」

切なさをごまかすようにわざと鼻を鳴らして文句を言うと、彼は呆《あき》れたように肩を竦めた。

「だがまあ、治療方法が何であれ、治りたい、治したいという双方の気持ちがあって、治癒するのであろうことは間違いないし、その奉仕精神は尊敬に値するが……」

ぼそりと呟いた言葉に、言い方は難しくなっているけれど『俺はリーゼが治療をしてくれるから、きっと良くなるって信じられるんだ』と言ってくれたヴィーの言葉を重ねたくなってしまう。懐かしいライリーの木を見上げて、夢の中の光景を思い浮かべた。

「そう……ですね。私も薬作りは下手でも、気持ちは籠めて、治療をさせてもらいましたから」

いつも体中に傷のあったあの可哀想な少年はもうここにはいない。そしてリーゼロッテの大切な初恋の男の子も、きっとここには存在しないのだ。励ますようにじんわりと竜の指輪が温かく光っているような気がする。切なくて涙が溢れそうになって、慌てて笑ってごまかそうとした。

「あ、五つ花のライリー」

視線を上げた先にあったのは、四つ花ではなく、珍しい五つに花弁が分かれたライリーだ。彼はそれに気づいたようで自然と手を伸ばし、それを取って渡してくれた。

「あの……五つの花弁があるライリーの花をプレゼントするのは、『私が貴女を幸せにします』って言う意味なんです。結婚の申し込みの定番の花なんですよ」

ちょっとからかうみたいに言うと、当然そんな意図を持っていない彼は、リーゼロッテの言葉に驚いたように、動きを止めた。彼の様子にとんでもない軽口を言ってしまったと気づいたリーゼロッテは、慌てて取りなすように言葉を続けた。

「いえ、ルードヴィヒ様にそんな意図がないのはよくわかっています。単にロイデンタールの平民のしきたり、というだけなので……気にしないでください」

そう言いながらも、いつか大切な人に五つ花のライリーを贈られる、そんな風に夢見ていた幼い頃の自分を思い出して切なくなる。手のひらに載った五つ花のライリーを見つめながら、ふと気づけば、ずっと気になっていたことを彼に尋ねてしまっていた。

「……あの、ルードヴィヒ様」

震える声で呼びかけると、彼はゆっくりと首を傾げつつ、彼女のことを見た。

「もしかして、私のこと、昔から知っていたりはしませんか？」

夢の中の記憶でも、かすかに自分のことを覚えていないだろうか。

このライリーの木の下での景色を見て、思い出してはくれないだろうか。

気づくとそんな問いかけの言葉が口を突いて出ていた。だが彼はまったく意味がわからないという表情をする。

（やっぱり覚えていないんだ）

答えを聞く前にその表情の意味が理解できて、リーゼロッテは失望で胸がツキンと痛む。それでもなんとか柔らかい笑みを浮かべて彼の返答を待った。

「……さあ。知らないな」

「あの、子供の頃の記憶は？　学校に通い始めた頃の記憶は？　……夢で会った少女を覚えていませんか？」

彼があっさりと彼女の期待を裏切るから、せめて何か思い出してはくれないかと、重ねて尋ねるけれど、彼は顔を強ばらせて首を左右に振った。

「昔のことはあまり覚えてない」

「あの、黒竜のイゾールダのことは？」

「黒竜？　何の話だ。誰かに何か余計なことでも吹き込まれたのか？」

その言葉がトリガーになったのか、突然、苛立った彼に鋭い声を上げられ睨まれた。今までの穏やかな様子ががらりと変わったことに驚いたリーゼロッテは思わず口ごもった。

「余計なことを吹き込まれるとか、そんなこと！」

「……貴女はこの屋敷でただ大人しくしていたらいい……俺の邪魔はするな」

彼の冷酷な言葉にどんどん気持ちが冷えていく。それなのに諦めきれなくて悲しくて苦しくて、心は荒れ狂う嵐みたいだ。

「何も覚えていないくせに、なんで貴方は黒竜大公、なんて言われているんですか！」

頭の中がぐちゃぐちゃで、つい感情的に声を荒らげていた。

「……黒い竜なんて俺とは関係ない。俺の過去を探ろうとするな！」

ルードヴィヒにとって触れられたくない何かに触れてしまった。そのことにリーゼロッテが気づいた時は既に遅く、彼の声は冷徹で彼女は余計なことを尋ねてしまったと身を竦めるよりほかなかった。

「…………」

怯えて下を向いて黙ってしまったリーゼロッテにため息をつくと、彼はそのまま彼女をその場に残し立ち去った。

（なんで……不用意に尋ねてしまったのだろう……）

苛立っているような彼の背をずっと目で追いながら、彼女は自分の行動を激しく悔いていた。だがその後、謝る機会すら与えられずにしばらく彼と会えなくなるとは、このときの彼女は思ってもいなかったのだった。

＊＊＊

一方、理由のわからない苛立ちを消化しきれないまま、その場を立ち去ったルードヴィヒは眠れない夜に切れ切れの夢を見る。

夢の中で、彼は深い深い森の中にいた。時間は夕方のようだ。空が見えないくらい木々が密に生い茂っている。あっという間に過ぎ去っていく北国の夏だ。昼間は明るい光に照らされていたが、既に日が暮れ始めていて彼のいる森はほの暗くなっていた。

そしてまだ幼い彼の足元には自分で作った命中精度の悪い弓と矢。

「全然、鳥なんて捕まらないよ」

矢は獲物に全く当たらず、成果なしだ。狩りに必死すぎて果物を穫る余裕はなかったので、他の食べ物もない。悲しみと悔しさ交じりに呟いた途端、いきなり空が陰った。はっとして上を見上げると、立派な黒い竜が空を飛んでいた。

「まったく人間の子供ってのは手間がかかるね。竜なら生まれて五年もたてば自分で狩りをして餌ぐらいとってくるのにさ」

　ぶつぶつと文句を言いつつ竜が彼の横に降り立つ。世話焼きの黒竜は捕まえていた大きな鳥を地面に落とすと、食べやすいように羽根をむしってから、彼に放り投げてきた。

　彼はそれを受け取ると、竜の顔を見上げる。彼の隣には、獲物が捕まったら焼いて食べようと用意した、薪だけがむなしく積みあがっている。竜は呆れたようなため息とともに、ほんのちょっぴりだけ火を吐き出して、ちょうど良い感じに薪に火をつけてくれた。きっと彼が疲れて火をおこす元気もないのを分かっているのだ。

「その鳥は大きいからね。焼いて半分、私によこしな。今日は珍しく肉を食べようかと思ってね。残りはお前にやるよ」

　その言葉に彼は驚きの声を上げる。

「え、イゾールダ、肉が嫌いなのに食べるの？」

　こんな大きな図体をしているわりに、彼女は基本的に菜食主義なのだ。

「生の肉は嫌いさ。でもまあ、ほどよく焼いた肉なら、たま～に食べるのも悪くないよ。人間のお前なら調理するのは上手いだろう？」

　何もできずにしょぼくれていた少年は、竜の言葉にぱっと表情を明るくする。

「ありがとう、イゾールダ。じゃあ僕、この鳥を美味しく焼くから待っていて」

　ここでは自分を苛める人間はいない。代わりに人ではないけれど、自分を認めてくれる存在がいる。誰からも嫌われて爪はじきにされて、ずっと傷ついていたまだ八歳の彼は、竜の飾り気のない優しさをとても嬉しく感じた。

＊＊＊

何かとても懐かしい夢を見た気がする。眠りの浅いルードヴィヒは、一人ベッドで目が覚めて、リーゼロッテと仲違いしたことを思い出す。目を手で覆い、深々とため息をついた。

（黒い竜の話なんて、昔から散々からかわれたことじゃないか。何で今更、あんな感情的になってしまったのか）

昔のことはあまり覚えていない。王立高等学院に入るまでのロイデンタールの屋敷では、ろくでもないことばかりが起きていた。嫌な光景ばかり、途切れ途切れの記憶の中でも鮮明だ。

「黒竜大公、か」

彼女に情けない過去について尋ねられたことに、自分でも不思議なほど苛立ちを感じていた。そもそも未だに王都に来る以前のことを思い出そうとすると、頭の中に霞《かすみ》がかかったようになるのだ。それが落ち着かなくて不安だ。

マリアンヌの話によると、愛妾の子である彼の存在を快く思わない大公夫人によって、ずっと地下室で虐げられながら育ってきたらしいのだが……。

挙げ句の果てに八歳の頃、狩りの最中に行方不明になったらしい。それから二年後、家族達は既に彼が死んだものと思っていたところに、突如竜に連れられて帰ってきたのだという。

ふと思い出すのは、『帰ってこなければよかったのに』『そのまま竜に食べられてしまえば』などと憎々しげにルードヴィヒを睨む義母と腹違いの兄達。

（竜が人間を連れて帰る？　そんなことあるわけないだろう）

そう思いながらも、何度も周りにそう言われたせいで、おぼろげな記憶には黒い竜の姿が残っているような気もする。

しかも竜が連れて帰ってきたという話のせいで、「黒竜大公」などと渾名《あだな》をつけられてしまった。何の記憶もない自分が不安で、怪しげな渾名をつけられていることも不快で、その名前自体を嫌っていたのだが……。

「黒竜……イゾールダ？」

リーゼロッテの言った言葉が頭の中でチリと引っ掛かる気がした。泣きじゃくっている少女が自分の顔を覗き込んでいる映像が一瞬だけ思い浮かび、慌てて首を左右に振る。

思い出したくもない、忘れたいのだ、過去のことは……。彼は暗闇の中でぐしゃりと髪をかき上げて、ベッドから起き上がる。一瞬脳裏に浮かんだ少女の髪色と涙にぬれた瞳の色が、リーゼロッテと一緒だったなんて、そんなことがあるはずない。

（……それに正直、今はそれどころではない）

そう自分に言い聞かせ手早く服を身につけながらも、ルードヴィヒは記憶の奥底を探るように、王都に来てからのことも思い出していた。

＊＊＊

ルードヴィヒがはっきりと覚えているのは、十二歳の春からの出来事だ。彼があの忌まわしい大公邸を抜け出して、王都にある貴族のための高等学院に入学してからのことは全部覚えている。

それまで地下の牢のような部屋で義母の目につかないよう静かに生活していたルードヴィヒだが、高等学院では勉学も剣術も、努力さえすれば結果は伴った。そして結果が伴えば人々はルードヴィヒのことを誉め称え認めてくれた。友達もすぐにできた。

「クラウス、昼御飯は食堂で食べないか？」

「そうだね。今日は魚料理だといいんだけど……」

ガッツリした肉料理が苦手で野菜と魚を好んでいた親友の姿を思い出し、彼は小さく微笑む。何人もできた友人の中でも、アーリントン侯爵の三男、クラウスとは寄宿舎の部屋が隣だったこともあってすぐに仲良くなり、特別な親友となった。

彼は体こそ小柄で比較的病弱ではあったものの、勉学は常に主席で、それはどれだけルードヴィヒが勉学に邁進《まいしん》しても、けして追い抜くことはできなかった。彼はそれだけ頭《ず》脳明晰《のうめいせき》な男だったのだ。

「それでね、僕の姉上が言うには……」

だがクラウスには一つだけ厄介な性癖《せいへき》があった。彼は常軌を逸するほどのシスターコンプレックスだったのだ。

彼の自慢の姉フローレンスは、リンデンバウム国王オズワルドに輿入《こしい》れし、王妃となった女性だった。父を宰相に持つ美しく魅力的な彼女を、国王オズワルドが見初めて請うて妻にしたのだ。そして国王夫妻の仲の良さは、国中で知らない人はいなかった。

「正直、国王陛下でも姉上を娶《めと》るにはまだまだ不十分だと僕は思っていたんだよね。でもまあ必死に姉上に王妃になってほしいと頼み込んでいたらしいし、陛下より偉い人がこの国にはいないから、ギリギリ許したけど」

「……お前……本当に姉上、姉上ばかりだな」

自分にはそんな風に思える相手がいないことは寂しくもあったが、学校に来てから友人達も増え、姉が好きすぎる親友をからかう程度には気持ちの余裕もできた。彼の少々常識外れの姉賛美も面白くて、ことあるごとに親友のシスコンっぷりをからかうのだが、クラウスは全然めげない。

「当然だろう？　姿絵を見たらわかるだろうけど実物はもっと綺麗だ。姉上はこの世の女神といっていいくらい、物凄い美人なんだ。その上、体が弱い僕のことをずっと面倒見てくれて、心根まで本当に優しい人で。家族みんな、病弱な僕は大人にはなれないだろうって言って諦めていたのに、姉上だけは違った。看病だけでなく勉強も教えてくれたし、読書のための本をいつでも図書室から借りてきてくれた。姉上に届いた美味しいものも必ずわけてくれた。お陰で僕は高等学院に進めるまで体が丈夫になったんだ」

小さい頃のクラウスは本当に虚弱体質だったらしい。寄宿舎で生活するようになってからも、二ヶ月に一度は発熱しているような状態だったけれど、それでもずいぶんと健康になったのだと彼は言っていた。

一方ルードヴィヒは、剣術や体を使う競技ではずっと一位を取り続けた。多少無茶をしても驚くほど怪我も少なく、運が良い奴だと友人から言われて自分でもそう思っていた。それに理由があったことに、その頃は全然気づいていなかったのだが……。

だがそんな平穏で楽しい学生生活は十五の冬を境に、まったく状況が変わってしまった。

普段ルードヴィヒは父親がいる王都の大公邸を嫌い、寄宿舎から学校に通っていたのだが、時折父親に呼ばれたり、何か用事があったりすると屋敷に向かうことになる。

その日は父親に呼び出され、学校の成績のことなどあれやこれやを聞かれ、夜遅くなったのでそのまま屋敷に泊まった。

慣れない大公邸の自分用の部屋で寝ていると、ふと何かが気になって目が覚めた。左手の中指が熱い。昔から何かあると左手の中指が熱を持つのだ。

「なんか……胸騒ぎがする」

ベッドから抜け出して、ガウンをはおり小さなランタンを手に取って部屋を出ていく。王都の屋敷にはもともとあまり人はいない。誰にも見咎《みとが》められることもなく、部屋を抜け出せた。

その日は夜まで吹雪いていて、外は雪が積もっていた。雪明かりで明るい窓の外に目を向けたあと、ルードヴィヒは何かに引き寄せられるようにして廊下を歩いて行く。ふと裏口に出る扉の前で誰かがひそやかに会話をしていることに気づき、足を止めた。

（こんな夜更けに、誰だ？）

裏口の手前には男が三人立っている。かすかに扉が開いているために、冷気と共に雪明かりが差し込んでいた。咄嗟にランタンを吹き消して、廊下の隅に身を潜める。どうやら気づかれなかったらしい。男達はぼそぼそと話を続けていた。

「明日、オズワルド陛下が……いや、大丈夫。毒とはわからない。……心臓発作で、となれば……」

「……王妃のサロンで…………それならば王妃も……。あのうるさい宰相もまとめて……」

「明日の決行……失敗は許されないぞ。オズワルドがいなくなれば、王位継承権のある私が……」

切れ切れの会話の、最後の男の声に、ルードヴィヒはハッとする。

（今の声は、あのクソ大公か）

次の瞬間、父親達の会話の意味が理解できてしまった。ルードヴィヒの父はオズワルドの叔父にあたり、国王に子供がいない今ならば、王位継承権の最上位に位置している。

（もしこれが……オズワルド国王陛下を亡き者にしようという陰謀だったら……）

ドクンという心臓の鼓動と共に、親友の顔が一瞬思い浮かんだ。

咄嗟にルードヴィヒは何を選ぶか決めた。

（クラウスの姉上と、国王陛下を救おう）

王位を簒奪しようとしている父に正義はなく、ルードヴィヒは父に対する愛情もない。

それよりももっと彼にとって大切なのは、クラウスと彼が大事に思っている人達だ。

ルードヴィヒはそっとその場を離れると、自室の窓から抜け出し気づかれないように愛馬に跨《また》がり、一路寄宿舎に向かった。そして部屋でぐっすり寝込んでいたクラウスをたたき起こし、先ほど目撃した話をした。

話を聞いたクラウスは大切な姉のピンチに真っ青になった。身支度もそこそこに寮を飛び出し、なんとか国王に暗殺の陰謀について伝えることができたのだが……。

王宮にいる姉フローレンスに深夜連絡を取ろうとして、極寒の中走り回ったせいで体調を崩した。もともと体が弱かったせいで質の悪い肺炎に悪化してしまい……。

ルードヴィヒの親友クラウスは、そのまま回復することなく、亡くなってしまったのだ。

＊＊＊

（俺は……なんとしても、どうやっても、クラウスを救いたかった……）

願掛けのようなことをしたような記憶もあるが、その前後のことは親友の死のショックであまり思い出せない。

ルードヴィヒは、そっと左手の中指を指でさする。そうしながら眠ると、体調の悪い時は痛みが減ったり、治療を施したように楽になったりしていたからだ。もうすっかり癖になっている。

（俺はクラウスを助けられなかったのに、彼は亡くなる前に、俺の功績を尊重して、俺の立場と身分を守ってやってほしいと、国王陛下に手紙を送ってくれた）

彼のお陰で家族の中で自分だけは国王暗殺未遂の連座を免れて、学生生活の継続とその後の生活、そして大公の地位も手に入れることができた。

（残された命を削ってまで、俺の命乞いをしてくれた親友のためにも、彼の大切な家族を守らなければならない……）

たとえ彼女に心惹《ひ》かれていても、父のせいで命を落とすことになった親友の望みを彼の代わりに果たすまで、自分一人の幸せを求めてはいけない。もう一度そっと左手の中指を握る。何かここに大切なものがあったような気がする……。そんな思いが頭に浮かび、妄想を断ち切るように頭を左右に振る。こんなに心を乱されるのなら……。

「これ以上、リーゼロッテには近づかない方がいい……」

第五章　指輪の行方と美しい王太后

「昨日の夜も……ルードヴィヒ様は来なかったな」

夜になるたびにリーゼロッテのベッドにやってきていた彼は、あの日以来一切姿を見せなくなった。突然始まった関係は、あのライリーの木の下で会話を交した日を境に、唐突に無くなってしまった。

（きっと、私が余計なことを聞いたから……）

忘れてしまったのか、それともそもそも思い出したくもない記憶なのか。どちらにせよ、リーゼロッテから彼の過去について聞かれたくないと思ったのだろう。嫌なことを無遠慮に聞いてくる無礼な奴と思われて、嫌われたのかもしれない。

（きっと私のことも忘れているのだろうし……）

その事実に胸が苦しくて痛い。忘れられてもいい。せめて嫌われたくなかったと、そう思ってしまう。

「もう、これ以上、何も聞かない方がいいよね」

身近に置いてくれたから、平民の娘という立場も忘れて、図々しくなりすぎてしまったのだ。彼女にとって彼は特別な存在だけれど、彼からすれば、彼女のことは単に外に放り出すことのできない厄介事に過ぎないのだから。

（もともと出会うはずもない相手なんだから、一生会わなかったと思って生きていったらいいだけ）

その内、状況が片づけば彼女はこの屋敷から追い出されるだろう。

愛情もないのに触れられたせいで、何かを期待してしまった自分が愚かで恥ずかしい。だからできるだけ彼のことは考えないようにして、今まで以上に物静かに、まるで屋敷にいないように気配を消して彼女は生活をしている。

その日は朝から屋敷がざわざわしていた。いつもより少し遅い時間に、リーゼロッテの部屋にやってきたのはマリアンヌだ。

「リーゼロッテ様、おはようございます」

ルードヴィヒに冷たくされていても、マリアンヌだけはずっと傍にいてくれた。だが今日は入れ替わりでリーゼロッテの世話をする人間が一人もおらず、彼女一人のみだ。

「もしかして今日は、何かあるんですか？」

いつもと違う屋敷の様子が気になってリーゼロッテが尋ねると、彼女は頷く。

「はい、実は今日、特別なお客様が極秘でいらっしゃる予定なので、人手が足らなくて……」

どうやらそちらの準備に追われているらしい。

「だったら、今日は一人でおとなしくしているから、マリアンヌさんもそちらの手伝いに行ってあげて。私は自分のすることぐらいはなんでもできるから」

ずっとマリアンヌには自分の名前を呼び捨てにするようにと言われ、なんとか「さん」づけで納得してもらった。いつものように彼女に話しかけると、やっぱり忙しかったらしい彼女は申し訳なさそうに頭を下げた。

「あの……本当によろしいのでしょうか？」

ここは大公邸の王都でのいわば別宅で、領地にある本宅とは違う。独身の大公一人がこちらにいる間だけ滞在しているため、雇っている人数がもともと多くない。

そもそもルードヴィヒは屋敷に人を招くこともほとんどない。今は一応客という扱いを受けているリーゼロッテがいるので、そちらにも人員が割かれている状態だ。だから、その状況で『特別なお客様』が来るとなれば、それは屋敷の中もてんてこまいだろう。

「大丈夫です。代わりに私、図書室を使わせてもらってもいいかしら」

リーゼロッテがそう言うと、簡単な昼食の支度までして、マリアンヌは本当に申し訳なさそうな顔で部屋を出ていった。

小さな家でしか生活したことがない彼女の感覚であれば、王都の大公邸はものすごく大きなお屋敷だ。だがルードヴィヒの話では大公領にあるお屋敷はここの何十倍も大きいらしい。

（そんな広い家なんて、絶対迷子になりそうだよね……）

まあ自分が行くことはないだろう、と思いながら図書室に向かう。ここは大公家の子息令嬢達が王立高等学院に通学するために使っている屋敷でもあるので、図書室だけは大公領の屋敷にも劣らない立派なものがあるのだという。一度ルードヴィヒに連れてきてもらって以来、リーゼロッテのお気に入りの場所でもある。

リーゼロッテは図書室に入り、前回読んでいた小説がある棚を一通り見る。だがふと本棚の裏側に、不思議な空間があるのに気づいた。

「……なんだろう、ここ」

ぐるっと本棚の後ろ側に回ると、小さな屋根のついたテントが置かれている。親が本を読んでいる間に、子供が時間を過ごせるような場所なのだろう。かがんで入り口から入っていくと、中は思ったより広く、大人なら二人ほど、子供なら数人は入れそうな空間が広がっていた。中にはふかふかとした柔らかなじゅうたんが敷かれ、テント内をぐるっと囲むように低い本棚があり、絵本がたくさん並んでいる。それに中央には小さなソファーと机もあった。

「わぁっ、素敵！」

間違いなく子供が読書をするための場所だろう。テレーゼの家には薬学に関する本はあったけれど、絵本はさすがになかった。だからリーゼロッテはちゃんとした絵本を見たことがない。すべてのページに鮮やかな絵が描かれた素敵な絵本を手に取り、リーゼロッテは子供用のソファーに腰かけて、絵本を読み始める。そこには竜と剣を持つ少年が協力して、悪い魔物をやっつける話が書かれていた。

（なんだか……これ、ヴィーみたい）

髪の毛の色と目の色が一緒だからか、と思う。そういえばなんでヴィーは竜の指輪を持っていたのだろう。結局理由が聞けなかった。それに……今はその指輪はどうなっているのだろうか。ふとそんなことを思った瞬間、何かを訴えかけるようにリーゼロッテの指輪が光り始めた。

「え、なんで……」

まるで意志を持っているみたいに、ちらちらと光が強まったり弱まったりする。確認しようと自分から手を遠ざけると一層光は強まるが、自分の膝の上に手を置くと光は弱まった。

「うん？」

もう一度手を奥にやったり手前に持ってきたりする。すると一点ではっきりと明るくなることに気づいた。

「もしかして机の中に、何か……あるのかな」

首を傾げながらテーブルの上に手を置くと、さらに光が強まった。

「だとしたら……これ、どこかを操作したら、開いたりする？」

すぅっと机の側面を撫でていくと、机の横に小さな突起がある。それを押すと、カチンと音がして机の手前が引き出しのように少し出てきた。リーゼロッテは何かを期待するような気持ちで浮いた部分を自分の方に引っ張る。

それは秘密の引き出しだったらしい。引っ張り出した途端、ぱぁっと指輪が光りまばゆいほどの明るさになる。咄嗟に指輪をつけていた手を反対側の手で覆うが、それでも明るさはなくならない。

「……あれ？」

手をどけると、引き出しの奥に、もう一つリーゼロッテが持っているのと同じ形で、石の色だけが違う指輪が転がっていることに気づいた。

「この指輪……」

彼女はそれを手に取って、自分の指輪と見比べる。同じ地金で金色の石を竜が咥えているのがリーゼロッテのもので、もう一方は黒い石を持っている。二つの指輪は再び出会えたことを喜ぶかのように、同じ速度でゆっくりと点滅を繰り返した。

光の点滅を見ていると、切なさになんだか胸の奥がちりちりと疼く。

「これって……もしかしなくても、ヴィーの指輪、だよね。きっと」

リーゼロッテの指輪と対になるように形作られた指輪と、自分がつけていた指輪を外し、ふたつを並べて手のひらに置くと、光が緩やかに消えていく。改めてその状況で二つの指輪を見比べた。

（この屋敷に竜の指輪があるのなら、やっぱりルードヴィヒ様がヴィーってことで間違いない、よね）

そうではないかと思っていたが、明らかにその証拠となるものを見つけて、心臓がドキドキする。でもこんなところに置きっぱなしになっているのを見ると、彼は指輪の存在に関心をなくしたか、さもなければ既に忘れてしまっているのだろう。

指輪というはっきりとした証拠を見つけて、単なる夢ではなかったのだと確信が持てた。今まではずっとすべてが曖昧で、彼について自分はどうしたら良いのかと迷っていた。

（けど彼がヴィーなら、私がしたいことなんて決まっている）

瞬時に心が定まり、気持ちが楽になった。

リーゼロッテは指輪をポケットに入れて図書室を出た。だが廊下を歩いていると、どこからか子供の楽しそうな笑い声が聞こえてくる。

（このお屋敷で、子供の声なんて一回も聞いたことなかったのに。今日来ているお客様と関係あるのかな？）

声の聞こえた方に目を向けると、十歳くらいの小さな男の子がすごい勢いでこちらに走ってくるのに気づいた。

「シュテファン様、お屋敷の中を走られてはダメですよ！」

慌てて追いかけてくるのは、見知らぬ侍女数名だ。多分この子供についてきた侍女達だろう。

「今日はルードヴィヒが剣術稽古に付き合ってくれるって約束だったんだ。来れないのなら、代わりに騎士団の修練場に行くよ。前も行ったことがあるから、心配しなくていい」

追いかけてくる侍女をからかいながら走ってきたその子が、急に立ち止まって振り向いたのはリーゼロッテの目の前だった。ぶつかったら危ないので、咄嗟に抱きとめる。勢いよくぶつかられて尻餅をつきそうなのを、なんとか足を踏ん張って耐えた。

「こら、何をしているの。廊下を走ってはダメとお母様に教えてもらわなかった？　ぶつかったら相手の人も、貴方も怪我をするのよ」

突然現れた女に抱きとめられて叱られ、びっくりしたのか男の子は目を丸くしている。じわじわと恥ずかしさに顔が赤くなってくる様子を見ると、意外と素直な子なのかもしれない。若干やんちゃではあるけれど。

「も、も、申し訳ございません」

息も切れ切れで追いかけてきて頭を下げる侍女に、こちらも頭を下げ返すと、彼女はホッとしたような息をついた。この女は誰だろうと、じっと見つめてくる少年の瞳は新緑のような明るい緑色で、くるくるとした金色の巻き髪はとても煌《きら》びやかで、まるで舞い降りてきた天使のように、愛らしい容貌をしていた。

「シュテファン、大公閣下のお屋敷で走り回るなんて、貴方は幼い子供ですか！」

凛とした涼やかな声がして、ハッとリーゼロッテはそちらに視線を向けた。奥の部屋から出てきたのは、先日占いの客として会った、あの玲瓏な貴婦人だった。そして彼女をエスコートするように、手を差し伸べていたのはルードヴィヒだ。

あの日以来、久しぶりに彼の姿を見ることが出来て、嬉しさと共にドキンと心臓が高鳴る。

「ルードヴィヒ様、お話の途中に申し訳ございません。お騒がせいたしました」

慌てて走り寄ってきたのは侍従長。どうやら話し合いの間、別の部屋で子供の世話をしていたらしい。

ルードヴィヒの姿を久しぶりに見られた喜びが去ると、リーゼロッテは美しい貴婦人と、エスコートしているルードヴィヒを見て、胸がぎゅっと締めつけられるように感じた。

（なんだか……とてもお似合いの二人……）

彼女よりルードヴィヒの方がいくつか年下だろう。だが大人びて見える彼と、落ち着いてはいるが、どこか愛らしい雰囲気を持った貴婦人が並んでいる様子は、絵姿のように綺麗で釣り合いが取れているように思えた。

お互い微笑み合う様子は、まるで夫婦のようで、先日、彼女の子供のことを占った時に、子供を支えてくれる父親代わりの存在がいると読み取った星の並びが思い起こされた。

（この美しい女性は多分未亡人で、大きな宿命を抱えている子供が、この元気な男の子。そして父親を亡くした子の後見人になるのが……きっとルードヴィヒ様、なんだろうな……）

先日占った結果が目の前で真実となっていることを確信し胸が痛い。ルードヴィヒとのつながりを確認するように、リーゼロッテはポケットに隠し持っていた指輪を服の上からぎゅっと摑む。

心のどこかで、自分とヴィーの間の絆《きずな》をずっと信じていた自分の愚かさを再確認していると、リーゼロッテを見た貴婦人が、パッと明るい顔をした。

「リーゼロッテ様！」

その言葉に嫌な顔をするのはルードヴィヒだ。なんでそんな表情をされるのか意味がわからなくて、リーゼロッテは不安な気持ちになる。

「もしかして彼女に……お会いになったことがございますか？」

ルードヴィヒが貴婦人に敬語で尋ねるのを見て、リーゼロッテは軽く目を見開いた。彼は大公だ。リンデンバウムで彼が敬語で話すべき相手など、幾人もいないだろう。

（この人は……何者なんだろう）

疑問を抱いているリーゼロッテに気づいていないのであろう貴婦人は柔らかい笑みを唇に浮かべて、ルードヴィヒに答えた。

「ええ、先日、リーゼロッテ様にシュテファンのことを占っていただいたのです。とても明確で素晴らしい占いをしていただいて、気持ちが大変穏やかになりました。ぜひ、また見ていただきたいって思っていましたの」

リーゼロッテに向ける微笑みは温かいもので、見た目だけでなく心根まで美しい彼女を見ていると、リーゼロッテはなんだか余計に切ない気持ちになった。

「……なるほど。そういうことか……」

だがルードヴィヒはじっとリーゼロッテの顔を見つめると、深いため息をつく。

「そういうことか、というのはどういうことですの？」

心当たりがないといった表情で首を傾げる姿すら貴婦人は美しかった。ついうっとりとその美貌に見とれてしまう。

「いえ……何でもありません。ひとまず今日はお戻りください。どうやらシュテファン様も飽きてきていらっしゃる様子ですから……」

「えぇ～、なんで？　今日は剣術稽古に付き合ってくれるんじゃなかったの？」

シュテファンはするりと侍女の手を抜けると、無邪気な様子でタタッとルードヴィヒの下に走り寄る。身長の高い彼の顔を見上げ、少年は腰に手を当てて不満げに文句を言った。

「これから剣術稽古では、戻る頃には夕方になってしまいますよ。また近いうちにシュテファン様のところに、私が顔を出しますから」

ルードヴィヒの返事に唇を尖らせていたシュテファンだが、肩に母親がそっと手を乗せてきたのを見上げて、不承不承頷いた。

「わかったよ。じゃあ次は王宮に来てよね。約束だからね」

（王宮？）

その言葉にリーゼロッテはハッと顔を上げて、ルードヴィヒの顔を見た。だが彼はリーゼロッテと視線を合わせることなく、シュテファンの顔を見つめて頷く。親子が屋敷から退出すると聞いて、屋敷中の侍女や侍従達が二人を送り出すためにバタバタと動き始める。

「リーゼロッテ様はこちらに……」

いつの間にやってきたのか、マリアンヌがそう言って、リーゼロッテを部屋に連れ戻そうとする。状況が腑《ふ》に落ちておらず、呆然としているリーゼロッテはマリアンヌの促しに抗うことなく、そのまま自分の部屋に戻った。

（……王宮に住んでいて、ルードヴィヒ様が敬語で話す子供と、その母親……）

それがどういう立場の人か、考えるまでもないだろう。あの二人は王族なのだとリーゼロッテは理解する。

町の人達はあまり王宮について詳しくはない。せいぜい噂話で聞く程度だ。ただ三年ほど前に、まだ若かった国王が死去したこと。国王の息子である王子が十歳になり次第即位する予定になっていること。それまでは宰相が摂政となっていることは知っている。

「確か……今年、王子様が正式に国王になられるって聞いたけれど」

（じゃあ、あの方は亡くなられた国王の王妃様？　そして男の子はまさか……近いうちに王様になる予定の王子様？）

そう理解すれば、貴婦人にした占い結果が腑に落ちてくる。それに自分がよくわからない人に攫われそうになったのも、あの貴婦人に頼まれて、彼女の息子について占ったことと関係があるのかもしれない。

占いの内容と世間の噂話を思い出せば、今彼らが置かれた状況は明確だ。

（三年前に流行病で亡くなった国王陛下。その一人息子であるシュテファン様……これから彼は大変な思いをして、彼にふさわしい立場を摑み取ることになる。その少年王の未来を占ったのか、私……）

予想もしていなかったことにショックを受けていると、静かに部屋の扉がノックされた。

「少し……いいか？」

そう言ってリーゼロッテの部屋に入ってきたのは、しばらく彼女と話をすることもなかったルードヴィヒだ。

久しぶりに声を掛けられて、嬉しいような不安なような落ち着かない気持ちだ。

（何を……話に来たんだろう）

疑問に思いつつリーゼロッテが頷くと、お茶の準備をするためか、マリアンヌが部屋を出ていく。

「さっきの方は、亡くなられた国王の王妃様……だったのですね……」

ソファーに向かい合って座ったルードヴィヒに尋ねると、彼は深く息をついた。

「ああ。そしてリーゼロッテは、あの方の占いをしたのだな」

その言葉にリーゼロッテも頷く。

「貴女が男達に狙われたのは、『聖女テレーゼ』の弟子だから、と俺は思っていた。だがそれだけではなかった、のだな」

じっと彼がリーゼロッテを見ながら話をするのを、彼女は現実感がないまま聞いている。

「貴女の占いの実力は、王宮のあの方のところまで届いていたのか。厄介な……。それで……どんな占いをしたんだ？」

鋭い視線を向けられて、リーゼロッテは不安を感じる。それでも彼の顔をまっすぐに見ると、彼女はかぶりを振った。

「それは……申し上げられません」

「――は？」

「占い師は占いの内容と結果を当人以外にはけっして明かしません。当然でしょう？　依頼人は私のことを信じて、誰にも言えないような秘密を話してくれるのですから」

一歩も譲らないという覚悟を胸にそう答えると、彼はぐしゃりと髪の毛を掻き回す。

「どうしてもか？」

「はい。たとえ殺されても、それは申し上げられません」

きっぱりと言い切ると、彼は顔を上に向けて、ため息を吹き上げた。

「なるほど。ではなおのこと、貴女をこの屋敷から出すわけにはいかないな」

その言葉にリーゼロッテは目を瞬かせた。

「それは……どうしてですか？」

「屋敷を出た途端、この間のような男達にまた襲われることになるからだ。そして貴女を攫った男達は、まずはフローレンス様……王妃の相談内容を聞きたがるだろう。そしてそれに対して貴女がなんと回答したのかも含めて」

ルードヴィヒは酷薄な様子ですぅっと目を細めた。

「それを聞き出すためなら、どんな手段でも使う。拷問ですめばまだいい方かもしれない。まあ間違いなく五体満足で返してもらえることはないだろう。占いさえできればと両足の切断ぐらいはするだろうな。占わせたくなければ、両手も切り落として、舌を抜き目を潰し、達磨のような姿にされるかもしれない」

そう言って憐憫《れんびん》のこもった眼差しで見つめられると、恐怖で胃が迫り上がってくる感じがする。

「ま、まさか……」

「まさか？　なんでそんな甘い考えでいられるんだ。フローレンス様にとって不利な情報を引き出して蹴落とし、シュテファン様を奪い後見人となって擁立すれば、この国を自分のものにできるかもしれないのだぞ？　そのためなら平民の女一人をいたぶり殺すことに、良心の呵責《かしゃく》なんて髪の毛一筋ほども感じない人間ばかりなんだ、貴族なんてものは。いや貴族だけじゃない……アイツらもそのくらいはするだろうな」

そう言ってリーゼロッテに暗い視線を向けてくるルードヴィヒの様子に、彼女はぞわぞわとした寒気が臓腑から上がってくるのを感じた。

（……でも、もしそうだとしたら……私はどうしたらいいんだろう）

殺されるのも嫌だし、それ以上に拷問されてなぶり殺しにされるなんてまっぴらだ。

「私、このお屋敷にずっといて、大丈夫なんですか？」

もちろん、ルードヴィヒがヴィーであるのなら、少なくとも殺されたりすることはないかもしれない。けれどそれだって彼にとって都合が悪くない、という条件の下だ。

「ところで……以前貴女のところにターレン教会の人間が接触してこなかったか？」

突然話の方向が変わり、リーゼロッテは首を傾げつつ答える。

「確か……こちらに来てしばらくした頃に、テレーゼ様の弟子だって噂になったことがあって、その時に一度教会の方が来ましたけど、薬は作れないと言ったら、それ以来来なくなりました」

そう話すと、彼は少しホッとしたような顔をした。

「では貴女を攫おうとしたのは、やはり妃殿下の占いの詳細を知ろうとしただけか。いや、だがその占いも預言と解釈すれば……」

彼女が顔を上げた途端、ルードヴィヒは眉を顰めて不機嫌そうな顔をした。

「まあここにいる限り接触させる気もないが、ターレン教会の人間には気をつけるように。アイツらは自分達の都合の良いように、聖女やら神聖力やらを利用したがる。今ターレン教本部はこの国を支配しようと企んでいる。巻き込まれるな」

いきなり強い口調で言われて、咄嗟に尋ね返してしまった。

「教会がそんな大それたことを？」

彼は自らリーゼロッテを抱いてまで、聖女ではなくすることに執着している。それはリーゼロッテをターレン教に利用されないためだったのか。

ルードヴィヒが苦々しく吐き出した返答は辛辣だった。

「貴女の占いは、ずば抜けて当たるようだからな。それを知って占いではなく、やれ神に与えられた啓示だの預言だのと、自分達に都合の良いように教会に利用されては面倒だと考えただけだ」

「預言って、そんな」

思わずクスッと笑ったら、怖い目で睨まれてしまった。

「……教会は『神聖力は処女にしか宿らない』と言って、神聖力を持つ女性達を聖女と名づけ、自分のところに囲い込もうと必死だ。貴女の存在も喉から手が出るほど欲しがっていると思うぞ」

リーゼロッテは彼の心配は大げさ過ぎると思う。

「大丈夫ですよ。私の力なんて、せいぜい的中率の高い占いぐらいなんですから」

「……ったくわかってないのはどっちだ。いっそ……貴女が子供でも孕めば聖女だと言われることもなくなるだろうに」

予想外過ぎる言葉にびっくりしてしまった。

「え、あの……子供？」

神聖力を奪うために、抱いたのではなかったか。それでも占いは当たるから、子供を妊娠すれば、絶対に聖女ではないと証明できる、と彼は考えたのだろうか。

（それで、夜になると私のところに来るようになったんだ……）

理屈は合うけれど、その理由がひどく空しいことのように思えた。

（どこかで……私への気持ちがあるから、来てくれるんだって期待してたのかな、私……）

そんなこと、あるわけない。わかっていたはずなのに。それでもどうしようもないほど気持ちが傷つけられて、苦しい。

「今のところは、子供ができた様子はないようだが……」

頬に手を伸ばし撫でてくる。言葉と相反して彼の指はこんなにも優しいのに……。

「私が妊娠したら、解放するつもりだったんですか」

尋ねる声は冷えている。目の前にいる人は大公閣下だ。当然自分などを相手にせず、それなりの身分の人と結婚して、跡継ぎを望むだろう。つまり自分は妊娠さえすれば飽きられた玩具のように捨てられる運命なのだ。いや玩具ほどの価値もないだろう。単純に邪魔だから処理して排除するだけの存在なのだ。

だがリーゼロッテの顔を見ると、彼は一瞬なんとも言えないような複雑な顔をした。

「……今となっては、もう貴女を解放することはできなくなった。聖女であろうとなかろうと、王室に関する貴重な情報まで持つ貴女を手に入れようと思う人間は多い。つまり世情が落ち着くまで、貴女はここから出られない」

頤《おとがい》に手をかけて、じっと顔を覗き込まれた。

「だが悪いが、俺は今、結婚はできない」

唐突過ぎる話が続き、リーゼロッテは何も言えない。平民の自分と結婚できないのは当然だろうと思いつつも、そんなつもりもないのにこうなっていることがひどく空しく思えた。

「今回のこと、すべてが終わるまで、どのくらいの時間が掛かるかわからないが、少なくともこの屋敷にいる限り、貴女は安全だ。だからここにいたらいい。もし子供ができれば、子供は俺が認知して引き取ろう」

それを聞いて咄嗟にリーゼロッテは彼の手を払いのけた。

「冗談じゃない。なんで私の子供を貴方に渡さないといけないんですか？　たとえここから出られなかったとしても、私の子供は、自分の手で育てます」

小さな頃、リーゼロッテを抱いてくれた母の腕の感覚がかすかに残っているのだ。リーゼロッテを呼ぶ温かくて優しい声も。

「子供を授かったら大切に育てたいって思っていたんです。母が早く亡くなってしまった分、私は絶対に長生きして、子供が大人になるまで可愛がって幸せにしてあげたいんです……」

テレーゼも優しい人だった。それでも本来なら母親から受けていたはずの愛情を受けられなかったことは、リーゼロッテに悲しい影を落としている。

「だから、もし貴方との子供を授かったとしても大公様の認知なんていりません。たった一人の私の子供として、私が大切に育てます！　邪魔をしないでください」

身勝手なことを言う男を睨みつけ、リーゼロッテは立ち上がり背を向ける。怒りがこみ上げて来てムカムカする。

「それなら……」

そんなリーゼロッテの背中に、彼は声をかけた。

「それなら、ここで俺と一緒に育てればいい。どういう理由があったとしても、貴女の純潔を奪ったのは俺で、授かるのであれば俺の子だろう。貴女と子供に苦労はさせないし、責任は取る」

その言葉は彼なりの優しさや紳士的な考えから出ているのだろうけれど、それでも寂しさは胸にズシンと重石のようにのし掛かる。これが好きな人からの言葉で、結婚の申し込みと共に『一緒に育てよう』と告げられたならどれだけ嬉しかったことだろう。

「責任なんて取らなくて結構です。ただ……そうなったら、私と子供が安全にここを出ていけるように配慮してください。名前を変えても、別の国に行ったって構いません。大切な子供と二人、幸せになれるのなら……」

やはり彼はヴィーなのだろう。リーゼロッテのことは覚えていないし、指輪は図書室のテントの中の引き出しに入れっぱなしで、もうどうでもいい過去に過ぎないのだとわかっている。

（それでも、心のどこかでヴィーの子供だったら授かってもいいかな、って思っている自分もいるんだ……）

未練や執着とは、理性でどうにかなるものではないのだ、と心の底から理解する。怒りを籠めて彼を睨むと、ルードヴィヒは深々とため息をついた。

「……まあ、それも子供ができたら、の話だ」

確かにまだ形すらないものに対して、こんなに感情を揺らすことも良くないだろう。リーゼロッテは胸を押さえて小さく息を吸うと、何とか気持ちを切り替えるために彼を見上げ話題を変えた。

「ところで今王室の状態はどうなっているんですか？」

リーゼロッテがそう尋ねると、彼は一瞬どのように答えるか迷うような顔をしたが……。

「占いの結果を俺に答えられなくても、貴女はフローレンス様のために占いをしたんだったな。それなら俺の話を聞いて、どう考えるのか言える範囲で構わないから教えてくれ」

第六章　リーゼロッテの決意

ロイデンタール大公領を北に置くリンデンバウム王国は、若き王オズワルドによって治められていた。彼は宰相でもあるアーリントン侯爵の娘フローレンスを今から十二年前に王妃として迎え入れた。二年後夫婦の間にはシュテファンという男子も誕生し、系譜は揺らぐことがないと思われていた。

だが不運なことにオズワルドは三年前に流行病にかかり、治療の甲斐なく三十二歳という若さで早世してしまった。

オズワルドには男の兄弟がなく、既に結婚し王位継承権を失った姉が二人いるのみ。その上王妃フローレンスには男子が一人しか生まれていなかったため、王位継承者の最上位は、当時七歳の幼い王子シュテファンという状況になってしまった。

そこで国王に次いで大きな権力を持つロイデンタール大公ルードヴィヒが、シュテファンが十歳になるまでの間、後見人として立つことになった。そしてシュテファンの祖父でもあり、国の宰相でもあったアーリントン侯爵が摂政となり、国王の代理職につくことでなんとか形を整えた。

　そうした不安定な政治状況を乗り越え、ようやく今年シュテファンが十歳になり、リンデンバウムの法によって正式に国王の座に就くこととなった。

　だが十年前、前ロイデンタール大公による国王暗殺未遂事件もあり、続く政変に齢十歳のシュテファンが国王の座に就くことを不安に思う貴族は多かった。特に前大公と親しくしていたため、社交界などで冷遇されていた貴族達は幼い王に対して良い感情を抱きようもない。

「そんなわけで世情はここ数年不安定なままだ。それもあって『若すぎるシュテファンを正式な国王にすべきではない。その座にふさわしい人間を国王として据えるべきだ』という意見が非公式な場ではよく出ているのも事実だ」

　苦虫を噛み潰したようなルードヴィヒの顔を見ていると、彼がこの状況に不満を強く募らせていることが伝わってくる。リーゼロッテは国内の不穏な話を聞かされて顔を強ばらせた。

「確かに幼い身に国王という重責を負わせるのは可哀想ですが……国王となりえるのはシュテファン様だけですよね。他に候補者がいるんですか？」

　占いの結果を思い出して、そうした人間が最近彗星《すいせい》のように現れたことを確信しつつも、リーゼロッテは尋ねた。

「ああ。ターレン教の宗主に嫁いだオズワルド陛下の姉上カサンドラ様が、今年二十三歳になる長男ハロルド様を国王に推そうとしている」

彼の言葉にリーゼロッテは眉を顰めた。

「『歴史あるリンデンバウムの国王には、まだ十歳にもならない子供より、私の息子ハロルドこそがふさわしい』とカサンドラ様が主張し始めたんだ」

するとハロルドを国王にすべきだと呼応する貴族達が何人も出てきたのだという。いずれもターレン教の信者として有名な貴族ばかりらしい。

「ハロルド様は元王女のご子息で、ターレン教宗主の息子ですか……」

元王女の子ということは血統だけならば国王となってもおかしくはない。そして成人済みならシュテファンより国王になるのにふさわしいとも言える。

「ああ。リンデンバウム王国は男系のみに王位継承権がある。つまりオズワルド陛下の長姉であるカサンドラ様の第一子ハロルド様にも継承権があるんだ。そして年齢については ハロルド様が有利だが……。そもそも亡くなったオズワルド王と国内の有力貴族令嬢であった妃との間の息子であるシュテファン様と、聖職者でターレン教宗主の息子であるハロルド様ではまったく立場が違う。それに一宗教との強い繋がりは国の為政者として非常に問題がある」

ターレン教はリンデンバウム王国の西部の町タレーランが聖地となっている。最近では他国にも信者が増加し、訪れる人間も多くなっているらしい。その上以前は平民の信者が中心だったのだが、このところ貴族の信者も増えていて力を強めている。それはもともとターレン教信者だったカサンドラが望んで宗主の元に降嫁してかららしい。

（私とも縁がないわけじゃないんだ。テレーゼ様を聖女と認定したのもターレン教の前宗主だったらしいし）

リーゼロッテが状況を頭の中で整理していると、ルードヴィヒは嫌そうな顔をしつつも話を続けた。

「そしてターレン教会がハロルドを王にと強く推しているせいで、シュテファン陛下の立場はますます厳しいものになっている」

「やっぱり……問題ありますよね、それって」

占いなどを生業にしていればよくわかる。宗教に対する信頼が、どのくらい冷静な思考を奪うのかも……。

「ああ。しかも今のターレン教宗主はなかなか野心家だ。息子を王にして、この国を宗教国家として丸ごと支配したいと考えていてもおかしくない」

「まさか、そんな」

リーゼロッテが思わず声を上げると、彼は難しい顔をしながら説明してくれた。

「王家より宗主の一族が上に来るような国の形にしようとしているのかもしれない。だからこそ国を守るためには、シュテファン王が立つよりほかないのだ。年齢の幼さは私達貴族が支えればいい。きっと十年もしないうちに素晴らしい為政者となるだろう」

屈託のない少年の双肩に国一つの行く末がかかると思うと可哀想だ。けれど、それでも治世の中枢を一つの宗教に握られるのは危ういし、この状況が長引けば、下手をするとシュテファンの命も危険にさらされるかもしれない。

そしてリーゼロッテは今の状況での自分の立場がようやく理解できた。

(そっか、私が王都で人気のあるテレーゼ様の弟子で聖女だ、としてターレン教に利用されてしまうと、あの可愛いシュテファン様の即位の邪魔になるのか……)

それにシュテファンとフローレンスの二人にルードヴィヒの想いが強く寄せられていることは言うまでもないのだから。

「だから私が聖女と言われたら都合が悪いんですね」

「――ああ。そうだ」

表情を変えることもなく、即答されてしまった。

(そっか……全部フローレンス様のためなんだ)

「そんなに、あの親子が大切なんですね……」

じっと彼の顔を見つめる。

(毎夜のように触れてくる私よりも、ずっと……)

思わず零れた言葉に彼が軽く目を見開く。

「何だ? なんか、言ったか?」

こんなに彼のことばかり考えているのに、彼はそんなリーゼロッテの気持ちには一切気づいておらず、あの綺麗な女性と息子のことばかり思っているのだ。切ない事実を胸に、そっと服の上からもう一度竜の指輪の形を指で確認する。

近くにいるのに、お互いの心はこれほどにまで遠い。

その夜、久々に会話をした彼は、まるで当然といった顔をして彼女を抱いた。リーゼロッテもそれを抗わず受け入れた。久しぶりに触れられたことが嬉しかったのかもしれない。

結局彼が何を考えているのかはわからない。けれどもリーゼロッテもまた、指輪を見つけたことで、一つの決意を心に秘めていたのだった。

＊＊＊

「失礼いたします。リーゼロッテ様、お目覚めでいらっしゃいますか？」

そう言いながら、彼がいなくなった寝室に静かに入ってきたのはマリアンヌだ。

「おはようございます。……今朝は湯浴みをなさいますか？」

その言葉に今日も小さく頷くと、マリアンヌは準備をし始めた。

「今日も……マリアンヌさん一人きりなのね」

昨日と同じく他の侍女達はいない。湯の準備を終えると、浴室にはリーゼロッテとマリアンヌの二人きりになった。

「はい。リーゼロッテ様がお疲れのようだったので……できる限り静かな方がいいかと」

彼女はリーゼロッテの体を清めた後、ゆっくりと湯船に浸からせてくれた。彼女は何も言わずにリーゼロッテの頭を湯船のふちに預けさせる。

「マッサージをさせていただきますね」

薫り高い香油を手に取って、疲れ切ったリーゼロッテの頭をもみほぐす。マリアンヌのマッサージはとても心地良く、沈みがちな気持ちを穏やかにして、心まで軽くするようだ。

「……マリアンヌさんは知っている？　図書室に子供が入るようなテントがあるの……」

目を瞑ったまま話しかけると、マリアンヌは返事をした。

「ええ。存じております」

「あのテントって……誰が使っていたか知っている？」

彼女の言葉にマリアンヌは頷いた。

「はい、ルードヴィヒ様がとても気に入られていて、高等学院に進学された後、よく潜り込んでいらしたそうです」

その言葉にリーゼロッテは少しびっくりして目を開く。

「え、高等学院進学時って、もうけっこう体、大きかったですよね」

学院に入る前に彼は一気に身長が伸びた。細身ではあったが、成人男性に近いような体つきで、あの小さなテントの椅子に座っていたのだろうと想像すると、なんだか少しおかしい。

「確かに……そうですね。かなり……無理矢理入っていらしたかと」

その頃のことを思い出したのか、彼女も小さく笑う。

「あの、マリアンヌさんはいつからこちらのお屋敷に？」

尋ねると彼女は、『もともと大公領にいて、ルードヴィヒ様の兄上が高等学院に入学する際に、王都の大公邸の侍女として異動してまいりました』と答えた。

「もったいないことですが、私の母がルードヴィヒ様の乳母をしておりましたので、ルードヴィヒ様が幼い頃はお側でずっとお仕えさせていただいてました」

「ってことは、マリアンヌさんは、ルードヴィヒ様の乳兄弟ということですか？」

リーゼロッテの問いに、彼女は柔らかく微笑んだ。

「はい、兄弟のように育ったのは、私の弟の方ですので、私は乳兄弟という感覚はありませんが……」

「でしたらルードヴィヒ様のこと、くわしいんですよね。教えてください。私……こんな状態になっているのに、彼のこと、何も……知らないんです」

そう呟くと、彼女はハッとしたように情交の痕跡である朱が散った首筋に目を向けてから、視線を落とした。

「そう……ですよね」

その目にはかすかに同情の色がある。一瞬だけ彼女が見せた表情に、改めて自分の立場を思い知った気がしてなんとも言えない気持ちになる。でも彼が別人のようになっていたとしても、ヴィー本人なのであればその変容には何か明確な理由があるのだろう。それに記憶を失ったことについても、何か意味があってほしいと思っている自分もいる。

「なんでもいいんです。あの方のことを、少しでも理解したいのです」

重ねて懇願の声を上げると、彼女は一瞬目を伏せて、それから何かを決意したように答えた。

「あの……今からする話は、けして誰にも他言しないでいただけますか？」

彼女の言葉にもちろん、とリーゼロッテは頷く。するとマリアンヌは『これは母から聞いた話ですが……』と前置きをして、ルードヴィヒの身の上についての話を始めた。


前大公には、ルードヴィヒを含め、息子が三人いた。上二人の息子は正妻の子で、第三子であるルードヴィヒだけ母親が違った。ルードヴィヒの母は大公家に奉公に来ていた男爵の娘だったのだが、大変愛らしく美しい人だったという。その美貌に目をつけた前大公が、娘を愛妾《あいしょう》として献上するように男爵に言いつけたのだ。

「ルードヴィヒ様の母上は、その後ルードヴィヒ様を身ごもられましたが、産後の肥立ちが悪く出産後まもなくして亡くなりました。そして側仕えをしていた私の母が、弟出産後でお乳が出る時期だったため、乳母としてルードヴィヒ様をお世話させていただくことになりました」

正妻である大公夫人は元公爵令嬢で、大変に気の強い女性だったのだという。当然実子ではないルードヴィヒに対しての風当たりは強かった。それでも大公は母親に似た容姿を持つ愛らしいルードヴィヒのことを不憫に思い、兄達と遜色なく扱うように指示を出した。そんなわけで当初ルードヴィヒは大公の三男としてきちんと養育されていたのだという。

「ですが、ルードヴィヒ様が五歳になる前に、前大公閣下は中央で政治をされるようになり、大公領を不在にすることが増えました……」

その頃から大公夫人の意思が領地内で反映されるようになり、ルードヴィヒに対する扱いが非常に悪くなった。

「その上、乳母である私の母はルードヴィヒ様の兄君の進学に合わせて、侍女の一人として王都に向かうように夫人に命じられました。それに乳兄弟であった私の弟は次期子爵として、領地に戻るように命令され、私まで母に連れられて侍女見習いとして王都に同行することになりました」

こうして陰日向なく家族のように守ってくれていた乳母や乳兄弟を奪われ、大公領に残ったルードヴィヒには誰一人として味方してくれる人間がいなくなった。そして八歳の誕生日を目前に突如行方不明になった。

「大公領で狐《きつね》狩りの行事が開かれた時に、子供用の猟場にいたところを目撃されたのを最後に、ルードヴィヒ様は姿を消してしまったのです」

前代未聞の大変な出来事だ。驚いたリーゼロッテは思わず口に手を当てて驚きの声を上げてしまった。

「それで……その後、どうなったのですか？」

リーゼロッテの言葉に、マリアンヌは首を左右に振った。

「それからずいぶん探したようですが、結局靴一つ見つけられず、山で迷って亡くなってしまったのだろうと、そう判断されました。ただ不思議なことに、大公閣下の御子息がいなくなったのに、侍従や侍女、誰一人、大公夫人からお咎めを受けなかったのです」

彼女の話にリーゼロッテは顔を顰《しか》めていた。

「それって……」

「ええ。父に聞いた話ですが、大公夫人が気に食わないルードヴィヒ様を排除するため、北部の人の住まない山奥にでも置き去りにするように指示したのだろう、と大公邸で噂されていたようです。大公閣下がお屋敷を開けていたこともあって、留守役の大公夫人は大変な権力をお持ちでしたから……」

ルードヴィヒにそんな過去があったと知り、リーゼロッテは何も言えなくなってしまう。ショックを受けているリーゼロッテの様子を見て、マリアンヌはリーゼロッテを風呂から上がるように促し、ガウンに着替えさせると、髪を乾かしながら話を続けてくれた。

「それから二年ほどして、突然ルードヴィヒ様はお屋敷に戻っていらっしゃいました。その……少々予想外の形で……」

なんと伝えていいのか少し迷うように口ごもると、マリアンヌは小さくため息をついた。

「あくまでこれは私の父が聞いてきた話なので、どこまでが真実なのかわからないのですが……」

ルードヴィヒが大公邸に戻ってきたのは、大公が珍しく屋敷にいた日だったらしい。日中、突如大公邸の広大な敷地内に黒い竜が舞い降りたのだという。そして竜の背中からルードヴィヒが降りてきたのだそうだ。

「驚いた大公閣下は、ルードヴィヒ様を自分の方に引き寄せると、竜は悪魔の象徴だとして即座に弓矢で狙うように騎士団に指示を出したそうです。ルードヴィヒ様は必死に止めたものの、竜はかなりの手傷を負い、恐れをなして、そのまま北の山に帰っていったと……」

昔から大公領に住む年老いた貴族達は、黒竜がルードヴィヒを連れて戻ってきたことを大変な吉兆だと話し、矢で射かけたことを非難したらしいのだが……。

（その黒い竜ってもしかして、イゾールダなんじゃ……。それに私が治療したイゾールダはたくさんの傷があった。それって……大公邸で傷つけられた後だったのかな……）

リーゼロッテは黒い竜と出会った時のことを思い出した。

（きっとイゾールダが、行方不明になっていたルードヴィヒ様を大公邸まで連れて帰ってきたんだ）

大公邸と北の山の間に、リーゼロッテが住んでいたフランツ村がある。すべての辻褄《つじつま》が合うのだ。

「ですが、ターレン教では竜は悪の象徴なので、信者を中心に竜に連れてこられたルードヴィヒ様に危惧を抱く者も多く出てきました」

その後ターレン教徒の者達を中心にルードヴィヒに対する目は厳しくなった。特にターレン教の信徒であり、ルードヴィヒを忌避していた大公夫人からは今まで以上にひどい扱いを受けた。ルードヴィヒは夫人の目に触れないように、普段は地下に閉じ込められ、大公夫人におもねる騎士団員達から、剣の稽古と称して暴力を振るわれる日々を送ったのだという。

悪魔である竜が連れ帰ってきた、行方不明だった正妻以外の子供。それは周りから距離をおかれるには十分な理由となった。しかも大公邸には大公夫人との間の男子が二人もいるのだ。そして乳母や乳兄弟を奪われた彼はたった一人で、大公が不在の中、絶対的な権力を持つ大公夫人と戦わなければいけなくなった。

「すごく……辛い生活をされたのではないかと思います。ですがルードヴィヒ様も公式に認められた大公家の一員であるため、二年後十二歳になる前に王都にある王立高等学院に進学することになりました」

そのことが救いだというように、マリアンヌはほんの少し表情を明るくし、髪についた水分をふき取った後、丁寧にリーゼロッテの髪を梳《くしけず》る。

「進学されてから、とても優秀な成績を収められたのですよ。大公夫人の影響のない場所に行き、ようやく安心して、日々過ごせるようになったのでしょう。そして親しいご友人もできたのですが……」

言いかけて彼女は一瞬悲しそうな顔をしたが、気持ちを取り戻すように柔らかい笑みを浮かべ直した。

「ルードヴィヒ様の学生生活の後半は、大変に波乱万丈なものになりました」

そう言ってマリアンヌが話してくれたのは、彼の父親が起こした国王暗殺未遂事件についてだ。

「ルードヴィヒ様の父上である前大公は極刑に処され、そして夫人と成人していた兄二人も終身幽閉が確定しました。一方で国王暗殺を未然に防いだルードヴィヒ様には、その功績で連座は適応されず、学院卒業後成人するのに合わせ、正式にロイデンタール大公となられました……。陰謀に関係ないと確認できた大公領の人間も、国王陛下とルードヴィヒ様に忠誠を誓った者は連座を免れたのです……」

マリアンヌの話で、リーゼロッテは彼の今までの来歴を知ることができた。

「そう……だったのね」

田舎の村でのんびりとテレーゼに守られて生活していたリーゼロッテとは全く違う、過酷で厳しい環境で彼は生き延びてきたのだろう。

（夢の中で私と遊んでいる時間を取れないほど必死だったんだ……）

国王に次いで重責だと言われるロイデンタール大公の地位を、まだ二十代で引き受け、領地運営まで行っているのだ。

「何か、私がルードヴィヒ様をお手伝いできることはないかな……」

自然とそんな言葉が漏れてきて、髪を梳《す》いていたマリアンヌの手が止まる。

「……どうしてそんなにリーゼロッテ様はお優しいのですか?」

ぽつりと零れた言葉にリーゼロッテは振り向く。すると目を赤くしているマリアンヌがいた。

「ルードヴィヒ様に、こんな仕打ちをされているのに……いえ、きっと理由はあるとは思います。それでも、リーゼロッテ様のお立場をはっきりさせないまま……」

涙目で訴えかけられてしまうと、なんだか困ってしまった。

「そう、ですよね。でも私も不思議なんですけど……」

平民のリーゼロッテのことを心配してくれるマリアンヌは、本当にいい人だ。だから心の奥底にしまっていた想いを少しだけ口にする。

「確かに見ようによっては酷いことをされているんですけど、何故か私、ルードヴィヒ様が憎めないんです。……それにきっと彼は、本当は優しい人だと思います。だって私のために、乳兄弟でもあるマリアンヌさんを侍女としてつけてくださったんですもの」

敵の多かった彼にとって、彼女は昔から信用のおける数少ない一人だろう。そんな彼にとって大切な人を、リーゼロッテの傍においてくれたのだ。単にリーゼロッテを監視することが目的なら、他にいくらでも代わりはいただろうに。

そしてマリアンヌが誠実で優しくて思い遣りのある人だから、リーゼロッテにつけてくれたのは彼の気遣いだと思うのだ。

「そんな、私なんて……」

困ったように微笑む彼女を見て、リーゼロッテは一つ聞いてみたくなった。

「……あ、そう言えば一つ教えてほしいことがあるんですけど」

リーゼロッテの言葉に目をまだ赤くしたままのマリアンヌは何でしょう、と応じる。

「あの、もしかしてルードヴィヒ様の子供の頃の愛称って、ヴィー、ではありませんか？」

リーゼロッテの言葉にマリアンヌは懐かしそうな顔をして頷いた。

「ルードヴィヒ様からお聞きになったのですか？　ええ、私の母と私、それから弟はルードヴィヒ様のことを、その愛称で呼んでおりました。本当に親しい身内にだけ、ヴィー様と呼ぶことを許してくださったんです……」

彼女の答えにリーゼロッテはにっこりと笑った。

「そうか、そうだったのね……」

わからないことはたくさんあるけれど、一番大事なことははっきりした。やっぱり彼はヴィーなのだ。

（しかも誇り高い彼が、私にはヴィーって呼ぶのを許してくれたんだ……）

その事実がなんだか嬉しかった。彼がリーゼロッテのことを忘れてしまっていても、少なくともその頃の彼にとって自分はきっと大切な存在だったのだ、とわかったからだ。

「そっか、良かった……」

たとえ自分のことは忘れられていたとしても、どんなに冷たくされても、たとえ彼が今、他の女性が好きで自分のことを利用しようとしていたって……。

（やっぱりルードヴィヒ様がヴィーで間違いないんだ）

口角を上げ、リーゼロッテは小さく笑みを浮かべた。ずっと怖がって真実を知ろうとしていなかった。でも本当のことがわかった今は、心は少し辛くても、どんよりとしていた空から一筋の光が差したみたいにスッキリと前が見えるようになった。

「あの、後でお時間が取れる時で構わないので、ルードヴィヒ様とお話しする時間が欲しいのですが、そう伝えていただけますか？」

彼女の言葉に、マリアンヌはいつも通り穏やかに微笑み頷いたのだった。

＊＊＊

その日の夕方、リーゼロッテは彼の執務室に呼び出された。

「何やら話があるらしいが、何だ？」

急に呼び出されたせいで警戒している彼を見て、リーゼロッテはなんと説明しようか迷う。二人の間にはお茶が出されていて、マリアンヌが後ろに控えている。

「シュテファン様のお話を聞いて、どうしたらいいのか考えていたんです」

突然で話の行方がわからないのか、彼はじっとリーゼロッテの顔を見つめている。

（やっぱり夢の中でのことは忘れちゃっているんだろうな。あの指輪のことも全部）

けれど、もうそれで凹むのは終わりにしようと決意した。テレーゼもよく言っていた。

『人を変えることはできない。変えられるのは自分のことだけだ』

だったらリーゼロッテは自分がしたいようにすることにしたのだ。

「あの、私が聖女として、あのお方の敵に回ってしまうことが一番の問題なのですよね」

まっすぐ顔を上げてそう尋ねると、彼は何を言われるのかと、まだ警戒しているようだった。

（私、誓ったもの……）

ふと夢の中での光景が脳裏によみがえる。

『どんな時でも、私はヴィーのところに駆けつけて、貴方を守ってあげるから。……だから大丈夫』

『あぁ、約束……だからな……』

毒を飲まされた彼と夢の中で交わした言葉を思い出す。

いつだって前向きで明るくて、けして弱音を吐かない彼が、たった一回弱音を吐いたのを自分は聞いたのだ。

（私はもう彼に悲しい思いをさせたくない……。だって、守るって彼の涙に誓ったのだから）

まっすぐに彼の顔を見つめて、柔らかく微笑む。そして、ほんの少し挑戦的に彼に語りかける。

「だったら、もっと積極的に私の存在を使ってみませんか？　私に少しでも価値があるのなら、あのお二方のために利用してください」

彼は何故かリーゼロッテから神聖力を奪うことに執心していたが、それだけ敵にはリーゼロッテの存在は価値があるのだろう。

(敵に利用される心配をするくらいなら、ヴィーが私を利用したらいい)

美しい王妃を守り、聡明《そうめい》な少年王の立場を盤石にしたいと彼が願うのなら……。

だがルードヴィヒは眉を顰めてリーゼロッテの顔をじっと見つめた。

「どういうつもりだ？　何の魂胆があってそんなことをしようとしている？」

ずいぶんと疑い深い顔をするようになってしまった。以前の彼ならリーゼロッテの犠牲に対して申し訳なさそうな顔をしたとしても、こんな表情はしなかったのに。でもそれだけ彼の半生が厳しいことの連続だったのだろうと思う。

「目的？　そんなの決まっているじゃないですか」

リーゼロッテがにっこりと笑うと、彼はさらに眉根のしわを深くした。

「私、貴方のお役に立ちたいんです」

彼の役に立ちたいと言った瞬間、納得できないような顔をされてしまった。

「……そ、それと、王妃様は一度お会いした時に、亡き国王陛下との間のお子様を心から愛されて、なんて心の綺麗な方なんだろうって、私があの方を助けることができるならって、そう思えたんです……だって、本当に素敵な方でしょう？」

仕方なくフローレンスの話を出すと、少し腑に落ちたような表情になった。

（自分には価値がないって思っているのかな。私にとって大切なのは、いつだってヴィーなのに……）

ただ過去のことを覚えていないのなら、そんな自分の気持ちは余計彼に信じてもらえないだろう。改めて目の前の男性をじっと見つめる。ヴィーだと確信して見ていると、ふとした時の表情や仕草、話し方の癖などは以前と変わっていないことに気づいた。

（今まで真実を見るのが怖くて、断定することを避けていたから……）

占いを生業にしているリーゼロッテは人の観察が得意だ。だから最初から彼がヴィーかどうかを真剣に見抜こうとしたら、ある程度は判断できたのかもしれない。それでも、もし違ったらとか、彼が自分を忘れていたらとか、そういうことばかりが気になって、彼の本質を見抜こうとはしていなかった。

「きっと私の占いと聖女テレーゼ様の弟子という触れ込みは、シュテファン様を押し上げるための一助になると思います。少なくとも聖女テレーゼは今も王都の人達には絶大な人気がありますから」

ただ二人の助けになろうと表舞台に立てば、リーゼロッテ自身にも危険が及ぶかもしれない。そしてそこまでの犠牲を払ったとしても……。

（私のヴィーへの想いは報われない。だとしても、私は彼を助けたいんだ）

そのために王都に出てきた。そう思って彼の顔をじっと見つめていると、彼はしばらくして諦めたようにため息をついた。

「なんで貴女がそんなことを思い付いたのかわからないが……」

「でも、下手にハロルド様の陣営に利用されるより先に、私がシュテファン様に与すると明らかにしておく方が、私自身の安全も確保されるような気がするんですけど、違いませんか？」

少なくともずっと大公邸にいるだけでは、何の役にも立てないのは間違いない。

「それに、私もそろそろこのお屋敷から出たいんです。占いの仕事もしたいし。このままだと一生大公邸にかくまわれているだけで、自由な生活ができないじゃないですか。人のお金に頼って生きて行くのはなんだか居心地悪くて」

わざと能天気な感じで笑顔を浮かべて見せる。彼がリーゼロッテのことを疑わなければいい。彼女自身にもメリットがあるのだと、彼が信じられるように話をした。

「王宮に出入りできたら、いろいろな人の占いができそうですし。シュテファン様のお役に立てたら、国王陛下御用達の占い師になれるし。私の将来、安泰じゃないですか」

にっこりと笑うと、彼はじっとリーゼロッテの顔を見て、呆れたようにため息をついた。

「わかった。絶対に後悔するなよ。この後どう動くかは、俺の指示に従ってもらう」

なんだか不満げにぐしゃりと髪をかき上げた彼は、鋭い目でリーゼロッテを睨んだ。

「ええ、後悔なんてしませんよ。……私の人生ですもの」

彼に睨まれたことなんて気にもしていないという無邪気な表情で、にっこりと笑って手を差し伸べる。

「それではルードヴィヒ様、これからよろしくお願いいたします」

平民の小娘が伸ばした手のひらに、ルードヴィヒは呆れたような顔をしながら、自らの手のひらを預ける。

「本当に馬鹿な女だな」

言い方はきついけれど、やっぱりヴィーみたいな言い方だな、とリーゼロッテは思った。

第七章　新たな出会いと聖女の目覚め

リーゼロッテがルードヴィヒへの協力を申し出て一ヶ月。

王妃フローレンスの客分として王宮に入り、彼女のサロンで連日占いをしている。相変わらず抜群の的中率を誇りサロンでも大人気だ。

リーゼロッテに占ってほしくて、今まで関わりのなかった貴族の夫人や令嬢達もフローレンスのサロンに来たいと切望しているらしい。

「リーゼロッテ様、今度は私の結婚相手についても占ってくださいませ」

「だぁめ。ユーレリカ様は先日、占ってもらったばかりじゃないですか。今日は私のことを占ってくださいませ。従姉妹から聞いたのですけど、本当に当たっていたんですって。それで私、この間意中の方からお誘いを受けたの。今何色のドレスを選んだら良いか迷ってて～」

窓を大きく取り、一部をサンルームにした明るいサロンには、白を基調にした花がたくさん飾られていた。いくつもテーブルが並び、美しく豪華なテーブルウェアと共に美味しそうなお菓子が並べられている。

午前はフローレンスとルードヴィヒを通して依頼を受けた個人の鑑定を行い、午後はこうしたサロンでの手軽な占いをするのがこのところの彼女の毎日だ。

　中央にある大きなテーブルに座っているのは、神秘的なヴェールを被り、スレンダーで裾の長いベルベットの衣装を身につけたリーゼロッテだ。その前には、幾人もの貴婦人や令嬢が集まり、彼女がめくるカードや、星詠みのための天宮図を覗き込んでいる。今は恋の占いをしているので、若くて愛らしい令嬢達の明るい笑い声や、占いの結果によって吐き出される切なげなため息などに囲まれている。リーゼロッテは品の良い笑みを浮かべ、次の占いのためにカードをシャッフルした。

（こういう反応って、平民の子でも、侍女さん達でも、それから王宮に出入りするような名門のお嬢様方でも変わらないなあ……）

　華やかなドレスを身にまとい、キラキラした笑顔を見せる令嬢達を観察しながらも、リーゼロッテは救いを求めるように視線をあげる。すると大公の屋敷から王宮への同行を許可されたマリアンヌが侍女達を招き、お茶を用意し始める。それを確認して、ようやくカードから手を離し、リーゼロッテはホッとため息をついた。

　評判だった聖女テレーゼの弟子の占い師、リーゼロッテが姿を消したことは、既に城下町では知れ渡っていたようだ。しかも行方不明になった直後、貴族らしい人間がリーゼロッテの店に長期休業のお知らせを出したこともあって、『あまりにも当たりすぎるから誰かに目をつけられて攫われたらしい』と噂にもなっていたようだ。

そうした町の噂は瞬く間に貴族の顧客達にも伝わった。それから数ヶ月後、突然王宮のサロンにリーゼロッテが登場したことで、それまで占い好きの貴婦人や令嬢の中でだけ知れていた名前が、社交界で一気に知られるようになった。

そして噂の占い師には、王妃を通さなければ占ってもらえないと評判になり、フローレンスのサロンは連日来訪者が絶えない。それにしたがい社交界でのシュテファンに対する反応も変わってきつつある。

（全部ルードヴィヒ様の手筈《てはず》通り。だけど……人の気持ちを上手に操れるとか、あの人、いったいどういう人なんだろう）

もちろん自分も占い師をしているから、人の気持ちを恣意的に操ることが可能なのはわかるが、だからといってこんな風に人を動かそうと思ったことはなかったのだ。

（それでも……私がこちらに来てから、フローレンス様とシュテファン様の評価が少しでも上がっているなら良かったな……）

あれから何度か二人に会った。最初はやんちゃに見えたシュテファンだが、さすが国王という重責を担うのにふさわしい聡明な少年であることをリーゼロッテは知った。自分が彼らの味方になると話した時には、明るい笑顔で『ありがとう。聖女リーゼロッテが味方になってくれたら助かる』と平民のリーゼロッテにもきちんとお礼を言ってくれたのだ。

（やっぱりフローレンス様の教育がいいからよね）

知れば知るほど、王妃であるフローレンスの印象は良くなるばかりだった。

（あの方なら……ルードヴィヒ様が好きになっても仕方ないや……）

昔からの片思いは封印しようと思えるほど、彼にふさわしい素敵な人だと認めざるをえないのだ。

「ふぅ……」

ずっと占いを続けていると疲れる。お茶が皆に用意されるのを機に、リーゼロッテも休憩することにした。だが次の瞬間、入り口がざわざわと騒がしくなる。

「皆さん、いらっしゃい。楽しんで過ごしてくださっているかしら」

そう言ってティーサロンに顔を出したのは、サロンの主人であるフローレンス。そして彼女のエスコートをしているのは、今日もルードヴィヒだ。美しすぎる未亡人と、若き大公との組み合わせは、誰からも文句のつけようのないほど釣り合いが取れている。

リーゼロッテはそんな二人の姿を、王宮に来てから見飽きるほど見ているし、似合いの二人だと認めているのに、ちくんとする胸の痛みには未だに慣れることができない。

「相変わらず、仲がよろしいのね」

「大公閣下がフローレンス様と結婚されて後ろ楯《だて》になってくだされば、シュテファン様も安心ですわよね」

「ええ、後見人としてではなくシュテファン様の養父にもなっていただければ、何よりも心強いですわ」

こそこそと話している貴族達の会話を聞いて本当にそうだと思うのに、リーゼロッテの吐息は切なさで震えた。

実はサロンでは主人であるフローレンスと大公ルードヴィヒのロマンスの話題で持ちきりだ。噂によればルードヴィヒは学生時代からずっとフローレンスに憧れていたらしい。そして前王オズワルドが亡くなり、シュテファンの後見人として彼が手を挙げたことで、ようやくその恋を実らせることができるのではないか、という下馬評になっている。

（やっぱり……ルードヴィヒ様は……フローレンス様が好きなんだよね……）

以前彼がリーゼロッテとは結婚できない、と言っていたのはそれが理由だったのだと思い知らされる。それにこの国で国王に次ぐ権威を持つ黒竜大公であれば、新たな王となる息子がいる未亡人の、二人目の夫として不足はない。それどころかシュテファンの強い後ろ楯になるだろう。当然フローレンスからしても、息子のためにもルードヴィヒは絶対的に味方につけたい男性のはずだ。婚姻で結ばれれば何よりの関係強化になるだろう。

「皆様がフローレンス様のサロンに集まられていると伺ったので、今、王都で評判のお菓子を用意させました」

リーゼロッテの前とは打って変わって、人を魅了するような優しげな微笑みを浮かべたルードヴィヒが声をかけた。綺麗に盛りつけられた菓子が載ったワゴンを押して、侍従達が部屋に入ってくる。

「わぁぁ、ありがとうございます」

きゃあと嬉しげな悲鳴が上がる。若い女性でケーキが嫌いな人はいないだろう。さっそをされた。

くお茶と共にケーキで饗《もてな》される。その時リーゼロッテは、ルードヴィヒと目が合い目配せ

（部屋で打ち合わせってことね……）

その意図を理解すると、リーゼロッテは近くにいた貴族女性達に声をかける。

「それではわたくしは、自室に下がらせていただいてもよろしいでしょうか」

令嬢達と貴婦人達はまだまだ引き留めたそうだったが、目の前に並んだお菓子の魅力もあって、笑顔でリーゼロッテを見送った。

フローレンスに一言挨拶をして、サロンを出ていく。マリアンヌだけを連れて引き下がり、王宮に与えられた自室に戻ると、リーゼロッテはヴェールを外して、うーんと伸びをした。

「はぁ、疲れた～」

「お疲れ様でした。今日もとても盛況でしたね」

マリアンヌは笑ってお茶を用意してくれた。ミルクたっぷりで、蜂蜜も入れたリーゼロッテが大好きな温かいお茶だ。

「あー、生き返る～」

占いは集中力がいるから、連続で占っているとものすごく疲れる。そういう時は甘いものを摂取したくなるのだ。

「ルードヴィヒ様が差し入れされたケーキも、こちらに持って来ていますから」

お茶と共にケーキも並べてくれる。

「せっかくだから、マリアンヌさんも一緒に食べない？」

そう誘うけれど、『遠慮いたします』と控えめに言われてしまって、申し訳なさを感じながらも甘味の欲求には耐えられず、リーゼロッテはケーキにわざと無作法にフォークを突き立てる。

「テーブルマナーとか気にしないで好きなように食べられるの、最高」

言いながらケーキに齧《かじ》り付く。チョコレートとフルーツのムースが合わさって、甘酸っぱくて最高だ。

「んふ。美味しい。マリアンヌさんも、あとで他の侍女さん達と一緒に休憩の時に食べてね」

切り分けられた残りのケーキを指差して言うと、マリアンヌは小さく笑顔を浮かべる。彼女の好物はチョコレートだ。だから勤務中は遠慮していても、あとでなら食べてくれるだろう。のんびりと美味しいケーキとお茶を堪能していると、扉をノックする音がして、ルードヴィヒの声がした。

「リーゼロッテ、少しいいか？」

その言葉にマリアンヌが扉を開けに行く。

「二人だけで内密の話をしたい」

「では私は席を外させていただきます」

マリアンヌはリーゼロッテが頷いたのを見て、部屋を出ていく。リーゼロッテはルードヴィヒと二人きりになり、先ほどまでののんびりした気持ちから切り替えるように背筋を伸ばした。

「で。今日はどうだった？」

彼に問われていくつかの情報を伝えていく。誰と誰が付き合っているとか、どの貴族とどの貴族の関係が深そうとか、こんな噂話が出ていて気にしている人間が多いとか、そんな情報だ。

女性のサロンでは会話の中心は噂話で、そしてリーゼロッテのような平民出身の占い師の前では、大公や王妃の前では話さないようなことも、油断して話すのだ。

「あとは……ターレン教信者で有名なスナウ伯爵令嬢はパーセク侯爵令息と結婚されるようですね。結納金としてパーセク家から多くのお金がスナウ家に入ったようですよ。それをターレン教会に寄付すると……」

占いで知りえた情報と結果は占い師の矜持《きょうじ》としても知らせないと約束しているが、それ以外の他の人がしている噂話や会話から知ったものについては、ルードヴィヒに伝えることになっている。

「ふむ……やはり貴族の中でも信者が増えているな。……まあ令嬢達が中心のティーサロンではそんなところか。ところで、来週、隣国スタンフェルトから王宮に客が来る予定で、王室主催でパーティを開く予定だ。貴女も会場で客の一人として参席してほしい」

　その言葉にリーゼロッテは少し目を見開く。

「私がですか？　……スタンフェルトからどなたがいらっしゃるんですか？」

「スタンフェルト第二王子で現フェルトトルト公爵ウォーリア様とご令嬢のアイリス様だ」

「……高貴な方がいらっしゃるんですね。……何か私が気をつけるべきことはありますか？」

　自分が偉い人を相手に、何かできるとは思わないけれど、パーティに参加させるのであれば、何かしらの目的があるのだろうと尋ねる。

「そうだな、フェルトトルト公爵の側近達が貴女に近づいてくる可能性がある。特にスタンフェルトでのターレン教に関することを探って報告してほしい」

　彼の言葉にハロルドとカサンドラと対抗するために、今回の宴席が設けられるらしいということは理解できた。いやはっきりとは言われていないが、わざわざ令嬢を連れてくるのだ、シュテファンとの婚約の話が進んでいるのかもしれない。

「貴女は王妃の客人だ。それ以上特別なことをする必要はない。請われれば占いをし、人の話を聞き、観察し、シュテファン様のために役立つ情報があれば可能な範囲で俺に報告してほしい」

　つまりいつも通りでいいということだ。リーゼロッテは彼の言葉に頷く。だが心の中がざわざわとしている。隣国からの訪問者のせいで、運命がまた動き出しそうな、そんな予感にかすかに体が震えた。

「ああ、そうだ。大公家を通じて、ドレスメーカーを呼ぶ。宴席にふさわしいドレスを選ばせよう」

リーゼロッテの不安な気持ちにはまるで気づいていないように、ルードヴィヒは淡々と言葉を紡ぐ。リーゼロッテはそれに対して何も答えることができなかった。

＊＊＊

「リーゼロッテ様、大変にお綺麗です」

笑顔でマリアンヌに言われて、リーゼロッテは鏡の中の自分の姿に目を瞠《みは》る。

金色の髪は艶々に梳られ、頭の上で結い上げられている。ヘーゼルの瞳を強調するようなアイラインが入り、マリアンヌ渾身《こんしん》のメイクアップのお陰でいつもよりずっと綺麗に見えた。周りでは侍女やメイド達が片づけを始めている。

「ドレスもとってもお似合いです」

普段は暗い色ばかり身につけているリーゼロッテだが、たとえ一張羅でもサロンで着ている占い師の格好では今回のパーティだとみっともなくて浮いてしまうとルードヴィヒに言われてしまった。それで彼が自ら見立て、新たに用意されたドレスは品の良い落ち着いたローズカラーだ。

（こんなドレスを着て、なんだかお姫様みたい）

幼い頃に憧れていた姫君のような格好をした自分に絶句してしまう。

「どうだ、それなりになったか？」

支度部屋の部屋をノックし、ルードヴィヒが入ってきた。

「……っ」

そして、鏡の中の彼女の姿に目を遣ると、彼は一瞬足を止める。

「お、お、おかしくないですか？」

不安になって思わず振り向いて、口ごもりつつ尋ねると、彼は彼女をその目で直接見て息を飲んだ。

「……綺麗だ。あ、ああ」

何か小声で呟いた途端、慌てて顔を横に振る。

「いや……問題ない」

うっかり口にした言葉をごまかすように咳《せき》ばらいをすると、いつも通りの淡々とした表情でルードヴィヒは言葉を続けた。

「それではシュテファン様とフローレンス様へ挨拶に伺うか」

そう言うと、彼は当然といった顔で手を差し伸べた。

「あの……」

一瞬どうして良いのかと思って背の高い彼の顔を見上げる。すると彼は小さく苦笑して、彼女の手を取り、立ち上がるように促した。

「エスコートだ。慣れない格好をしているから上手く歩けないだろう？」

今までそんなことをされたことがないので戸惑ってしまう。

「……行くぞ。……転びそうになったらこっちに体重を預けたらいい」

一瞬見上げたルードヴィヒの唇の端が、面白そうにクッと上がって笑ったように見えた。

（やめてよね。そういう顔をすると、本当にあの頃のヴィーと話しているみたいな気分になっちゃうんだから……）

彼は自分のことなど覚えていないのに、勝手に過去の面影を今の彼に見いだすたびに、胸がぎゅっと苦しくなる。それなのに繋がった手からぬくもりが伝わってきて、なんだか幸せな気分にもなるのだ。

（手を繋ぐ以外に、もっと……すごい接触だって散々しているのに……）

王宮に移り住むようになってから、彼とのそういった関係はなくなった。リーゼロッテ自らが大々的にシュテファン側の人間であると表明し、王宮にいる限りは、たとえターレン教会であっても、手出しができないからだろう。

そんなことを考えながら彼のエスコートで歩を進める。エスコートされる方が、彼とのベッドでの関係よりも、なんだかずっと特別なことのように思える。

「転びませんよ。……でもさすがに慣れてないので、こうしてもらえると助かります」

照れ隠しのように小さくそう言うと、彼は軽く肩を竦める。けれど楽しそうに上がった口角はそのままで、悔しいのにそのことがなんだか嬉しい。

慣れないドレスでもエスコートのお陰で思ったより歩きにくくない。王宮の廊下を進んで行くと、すれ違うたび、知っているはずの侍女達がこっそりこちらを見て、大公が連れている女性が誰かを確認しているようだった。

「え、リーゼロッテ様？」

驚いたような声が聞こえるたび、焦ってしまう。ひどく分不相応なことをしている気持ちになるのだ。

（わかる。私もびっくりしてる……）

単なる平民の占い師が、どこの令嬢かと思わせるほどの華やかな衣装を着て、大公のエスコートを受けて王宮内を歩いているのだから。

「失礼いたします」

王妃の待合室の前で、ルードヴィヒはリーゼロッテからエスコートの手を外す。ふっと夢から覚めたような気がして、彼の手から離れた指先が冷たく感じた。

「リーゼロッテを連れて参りました」

そして、侍女の案内で別々に歩いて部屋に入っていく。彼と手を離した途端、リーゼロッテはドレスが重たく感じ足がフラフラして、上手に歩けないような気がした。

「あら、今日のリーゼロッテ様はとっても綺麗ね」

そう言って微笑むフローレンスは待合室でお茶を飲んでいたらしい。優雅な指使いでティーカップをソーサーに戻すと、リーゼロッテを見て楽しげに両手を胸の前で合わせ

る。そしてうっとりするほど美しい笑顔を見せた。

(私なんて……フローレンス様の方が、ずっとずっと、お綺麗……)

少し着飾ってみた町娘とは美しさも気品も比べようがない。圧倒的な美しさで目が眩《くら》みそうだ。

「今日はシュテファンの力になってくれそうな方を多くお招きしているの……リーゼロッテ様には力添えばかりしてもらってごめんなさいね。いつも感謝しているのよ」

この国で一番尊い立場の女性からの真摯な言葉に頷くと、ルードヴィヒが彼女に手を差し伸べる。

「あら、今日はリーゼロッテ様のエスコートじゃなくていいの?」

くすりと笑いながらからかうようにルードヴィヒに尋ねるが、彼は憮然《ぶぜん》とした表情で首を左右に振った。

「いえ。本日はシュテファン様の後見にロイデンタール大公がいるということを、国内のハロルド陣営にも、ターレン教本部にも、そしてスタンフェルト側にも知らしめる必要がありますので」

そう言って再度ルードヴィヒはフローレンスにもう一度手を差し伸べた。

「フローレンス様には申し訳ございませんが、私のエスコートで会場に向かっていただければ……」

その言葉にフローレンスはルードヴィヒの手を取り、立ち上がる。

「……でしたら私はシュテファンのために命がけで戦いますわ。ルードヴィヒ様、ご助力ください。……もちろんリーゼロッテ様も」

凛とした表情はルードヴィヒのエスコートを受けても甘さの欠片もない。整った顔立ちに気迫がこもる。リーゼロッテはルードヴィヒの手に重ねられたフローレンスの手を見て、切なさを覚える。だがキリッとした彼女の表情に、この美しい人とあの可愛らしいシュテファンのために頑張ろうと気持ちを切り替えた。

(それに私は何よりヴィーの力になりたい)

「フローレンス様、ご準備はよろしいでしょうか」

王宮の筆頭侍女が声をかける。そしてルードヴィヒにエスコートされたフローレンス、その後にリーゼロッテも続き、一行は隣国の賓客を迎えるパーティに向かったのだった。

「本日は隣国スタンフェルトより、大切な客人を招いている。我が国の繁栄を共に祝い、語らう時間としていただきたい」

凛々《りり》しくシュテファンがパーティの始まりを告げると音楽が流れ始める。ダンスができないリーゼロッテは中心から離れ、一人静かに壁の前に立ち、周りの会話に耳を澄ます。

どうやらアイリス姫とシュテファンは二人で楽しそうに話をしているようだ。

(政略結婚かもしれないけれど、それでも二人が幸せになれたらいい……)

まだまだ幼さの残るものの、似合いの二人の様子をリーゼロッテは微笑ましく見つめている。

　ざわざわと騒がしくなったフロアに視線を戻すと、フローレンスが賓客であるフェルトルト公爵の手を取り中央に出て、ファーストダンスを踊り始めた。

　フェルトルト公爵は三十路に足を踏み入れた年頃の、プラチナブロンドの髪に琥珀《こはく》色の瞳をした、非常に美しい男性だった。お陰で会場に現れた時から、リンデンバウムの貴婦人や令嬢達の注目の的だ。

「フェルトルト公爵様、本当に素敵ね。でもやっぱりフローレンス様にお似合いなのはルードヴィヒ様かしら。先日二人で踊られていたダンスも素敵だったわ」

　キラキラとした表情で夫に話しかけているのは、東部出身の伯爵夫人らしい。夫はそんな妻の様子に小さくため息をついた。

「ルードヴィヒ様と結婚されたら、フローレンス様は大公夫人になってしまう……。シュテファン様が無事王位に就かれるまでは、お二人には何もないだろう」

「だったら、先にシュテファン様の国王即位と婚約が整わないと、あの二人の恋は成就しないのね……」

　そう言って切なげな表情を浮かべている夫人を見て、伯爵は肩を竦めた。

「お前は気楽でいいな。俺はそれより情報を集めるのに必死だよ」

　この伯爵夫妻のような会話が今日はあちこちから聞こえる。

（貴族の人達も不安なんだろうな……）

正統の血を引くがまだ年若いシュテファン王と、王となるのに適した年齢だが外戚になるハロルド。だがハロルドには、国内に多くの信者を持ち、ますます力をつけてきているターレン教会が後ろ楯となっている。それをよしとする人間もいれば、忌避する人間もいる。一方でそもそも幼い王と不安定な政情を嫌う者も少なくない。

そんな不穏な空気の中で、リーゼロッテはフェルトルト公爵と踊るフローレンスを見つめる。笑顔一つでこの戦いを勝ち抜く気構えのフローレンスは、踊っている姿すら神々しいほど美しい。

ちなみにスタンフェルトでは貴族の男性は三人まで妻帯することが許されている。そのため、公爵には二人の妻がいて、今回は一番目の妻の娘であるアイリスを連れてリンデンバウムを訪れている。

『今我々は、アイリス姫をシュテファン殿下の婚約者とする話を進めているところだ』

先日ルードヴィヒから正式に聞いた話を思い出す。スタンフェルトも自国内で影響を強めているターレン教を危惧しており、その影響を強く受ける王が、隣国リンデンバウムで誕生することを望んでいないのだという。

（だからシュテファン様がアイリス姫を婚約者とすれば、隣国スタンフェルトがシュテファン様の治世に向けて助力を行うと言ってきている）

年齢的な条件で圧倒的に不利なシュテファンであるが、国内からはロイデンタール大公の、そして国外からは隣国スタンフェルトの強い後ろ楯を二つ持つことになる。それだけでターレン教会の支援しかないハロルドより、有利だろう。

「スタンフェルトの人達は……あの辺りに集まっているのかな」

隣国からの随行員の中には女性も多い。情報を集めようかと、リーゼロッテが一歩足を踏み出した途端、何故かダンスを終えたフローレンスとフェルトルルト公爵がこちらに向かってきているように思えて、首を傾げた。

「リーゼロッテ様」

ある程度まで近づいてくるとフローレンスが声をかけてくる。敬称は不要です、と何度言っていても、相変わらずリーゼロッテのことを「様」づけで呼ぶ。周りの人々は王妃から敬称つけで呼ばれた若い女性が、平民出身の占い師だと気づいて様子を窺っているようだ。ルードヴィヒも何事かという顔をしてこちらに向かってきていた。

(ちょ、ちょっと待って。なんだかすごく皆の注目を浴びているんだけど!)

このパーティの主催者であるリンデンバウムの王妃フローレンス、主賓であるスタンフェルトのフェルトルルト公爵、そしてロイデンタール大公ルードヴィヒまでがリーゼロッテの前に集まってきているのだから。

次の瞬間、もっと周りは驚くことになった。何故ならフェルトルルト公爵が胸に手を当てて、平民のリーゼロッテに正式な礼をしたからだ。

「リーゼロッテ様、初めまして。私はスタンフェルトのウォーリア・フェルトルルトです。聖女テレーゼ様の愛弟子であるリーゼロッテ様にお会いできて、大変光栄です」

丁寧な挨拶と共に、自己紹介までされて、リーゼロッテは予想外のことに体が竦んで動けなくなる。

（ど、どういうこと？）

何故聖女を師匠に持っているということしか価値のない小娘に、隣国の元王子が挨拶をしてくるのだろう。硬直しているリーゼロッテに気づいていないのか、フェルトルト公爵は親しげに微笑みかけてきた。

「実は私、幼い頃から聖女テレーゼ様の偉人伝を読んで育っておりまして、とても聖女様のことを尊敬しておりました。一度お話ができればとずっと思っていたのですが生前は叶《かな》わず……。ですがリーゼロッテ様が聖女テレーゼ様の愛弟子だったと伺って、せめてテレーゼ様の在りし日のお話を聞かせていただきたいと、心から願っていたのです」

美貌の公爵はそう言うと、突然リーゼロッテの前に跪《ひざまず》き、自らの胸に手を押し当てて、まるで本物の聖女に向けるような憧憬の表情でリーゼロッテを見つめた。

「それにリーゼロッテ様はなんて清楚《せいそ》で愛らしい方なのかと。こんな美しい人が聖女とは、しかも的確に未来を読み取る力まで持っているだなんて感動いたします。あの……手の甲にキスを送らせていただいてもよろしいですか？」

何を言われているのかわからないまま、呆然として頷くと彼はそっとリーゼロッテの手を取り、甲にキスを落とす。瞬間、人々が驚いたように息を飲んだ。ふと鋭い視線を感じて顔をあげると、ルードヴィヒと目が合う。

（……なんで、そんな怖い目で見るの？）

普段は淡々としている表情が歪み、激情を覆い隠したような目が自分に向いていることに、リーゼロッテはかすかに身を震わせた。

その時、入り口の辺りがざわざわと騒がしくなる。会場にいた人間達がハッとそちらに注目をすると、入ってきたのは四十代前半の美しいが気の強そうな栗毛《くりげ》色の髪をした女性と、同じ髪色の若い男性だ。

「フローレンス様。お久しぶりです」

辺りを圧倒するようなよく通る声に、ルードヴィヒはハッとして、慌ててフローレンスの傍に戻っていく。フェルトルト公爵はその様子を興味深げに見つめていた。

（あの人は……）

実際に会ったことはないが、周りのざわめきに耳を向ければ、それが誰かは聞くまでもない。

「……お義姉様。ハロルド様」

慌ててフローレンスが笑顔で挨拶をする。招待されてはいなかったはずだ。それを無理矢理押し入ってきたのだろうか。

「フェルトルト公爵様、お久しぶりでございます」

だがシュテファンを王位から蹴落とそうとしている彼女は、フローレンスに最低限の挨拶だけすると、すぐにフェルトルト公爵に近づいてくる。それに対して彼は目を細め、本音を隠したような笑顔で挨拶を返した。

「ところでフローレンス様はロイデンタール大公夫人を目指すのかしら？」

カサンドラは改めてフローレンスに向き直り笑いかけるが、その表情は獰猛《どうもう》で鋭い。

「いいえ、そんなつもりは毛頭ございません。夫が亡くなって何年も経っておりませんし、何より今は息子を一人前に育てることで精一杯ですから」

柔らかく微笑むフローレンスの姿は相変わらず可憐でたおやかだ。それを見て気にくわないといった風にカサンドラが獰猛な笑みのまま嫌みを言ってくる。

「あらそうなの？　その割にはロイデンタール大公といつもべったりらしいじゃない？」

ハロルドと視線を合わせて小さく笑う。するとハロルドが顔を上げて会場内を見回した。

「そういえば、この会場に聖女テレーゼの愛弟子がいるらしいですね。それもロイデンタール大公の口添えで王宮に入ってきたと伺っていますよ。その新たな聖女候補のことは、ターレン教徒達の間でも話題ですが、大公が抱え込んで外に出さないから……ねえ、どの人？」

次の瞬間、自分に視線が集まっていることに気づいて、リーゼロッテは不安で背筋に冷たい汗が伝う。だがざわざわした空気を収拾すべきかと一歩踏み出した。

「あの……テレーゼ様の弟子ということなら、私のことでしょうか」

「へぇ。貴女か。……シュテファン様が即位すると、国が栄えるという占いをしているらしいね。本当に当たるという証拠を出してもらいたいものだな」

突然そんなことを言われ、リーゼロッテは口ごもってしまう。

（……私の占いの結果は、シュテファン様が王位継承した後、国が安定するといったように、シュテファン様に有利なものばかりだ。もちろん占ってきた結果に嘘は一つもないけれど）

だが証拠を出せと求められても、その結果が周りの人達が納得できるものでなければ、今までの占いまですべて否定されてしまう可能性もある。緊張で握り締めた指がかすかに震える。

（聖女として目立たない方が良いって言われたけど、占いが間違っているって騒がれたら、今度は私の占いがシュテファン様に不利に働いてしまわないかしら）

今まで彼女の占いを疑う人はたくさんいた。けれど、それを全部撥《は》ね除けてきたからこそ、リーゼロッテは今この場に占い師として立っていられるのだ。勝負するならするよ、という顔でちらりとルードヴィヒの顔を見上げると、彼は止めるように顔を左右に振った。

（私のこと、心配してくれているのかな。でも私は今、勝負した方がいいって感じている）

スタンフェルトという、最大の味方を手に入れようとしている時だ。ここで引いたらその最大の味方を失う可能性だってある。その上リンデンバウムの貴族達からの信用もなくしてしまうかもしれない。それこそをカサンドラとハロルドは狙っているのだろう。

「証拠ですか？　それでしたら……何を占いましょうか」

にっこりと微笑んで返すと、ハロルドは一瞬目を見開いた。まさか勝負を受けて立つとは思わなかったらしい。何かが起きそうという期待で、ますます人が集まってきている。ルードヴィヒはいきなりリーゼロッテが突っ走り始めたので、もう止められないとばかりに一瞬目を閉じた。

（だって、ここで引いたら却って面倒なことになりそうだったし……ぐずぐずためらった後に勝負に出るより、こちらから仕掛けた方が絶対印象がいいよね）

リーゼロッテが落ち着いた表情を保ったまま、じっとハロルドを見ていると、彼は声を荒らげて詰め寄ってくる。

「何？　お前、平民のくせにどういうつもりでそんな態度を……」

カッとしてリーゼロッテの手を掴もうとしたハロルドの肩に触れて止めたのは、いつの間にやら近くにいたらしいルードヴィヒだった。リーゼロッテは緊迫する空気を和らげるようにおっとりと彼らに声をかけた。

「今すぐ結果が確定する占いは難しいので、コイントスをしましょう。そして十回中何回当たるか試してみたらいいのではないですか。不正を疑われそうですから、ハロルド様ご自身がコインを用意してトスをしてください。私はトスの前に占った結果をお伝えします」

「そうか、じゃあ言われた通り僕が投げよう。聖女候補殿は先に十回分の結果を占うがいい」

ハロルドは当たるわけがないと言うように意地悪く笑うと、ポケットからコインを一つ取り出しリーゼロッテを促す。

（だったら私はヴィーのために占おう）

じっと見つめるルードヴィヒの青い瞳に応えるように頷く。テレーゼの形見のカードを持つとシャッフルする。

（ルードヴィヒ様に一人でも多くの味方ができますように……力を貸してください。十回のコイントスの結果を教えてください）

祈るような気持ちでカードを切ると、一気に十枚出して行く。

「表・表・裏・表・裏・裏・裏・裏・裏・裏。最後に表……が出ますが十枚目にトラブルの暗示があるので、十回目はコインを落とすかもしれませんね。ですが床に転がって表が出ます」

十回分の表裏を占うと、ハロルドは肩を竦める。

「それが全部当たったら、本当にすごいね」

馬鹿にするようにニヤニヤと笑いながら、コインを取り出してコイントスを始めた。ピンとコインを撥ね上げる音がして、くるくると回転しながらコインは宙に浮き上がる。落ちてくると、紛うことなくハロルドの手の甲に乗った。彼はそれにそっと手を被せてから、押さえていた手を離す。

「一回目、表。……当たり」

一度当たった程度では皆それほど驚かない。二分の一の確率だからだ。ただ、それが五回立て続けに的中すると、息を飲んで観客達は状況を見守り始める。

「すごい……。一回も外さず……全部当たっているわ」

「六回目、裏。当たり」

気づけばフローレンスも、フェルトルト公爵もじっとコイントスをするハロルドを見つめていた。鋭い視線を投げかけてくるカサンドラを視界に入れないようにしながら、リーゼロッテはコインの行方を見ている。

ピィンとハロルドがコインを弾く音と、パシッと手の甲で受け止める音が辺りに響く。

「七回目、裏。当たり。……八回、裏。当たり……」

徐々にハロルドの声が震えてくる。ヒッとどこからか短い悲鳴が聞こえた。

「これ、全部的中するんじゃないの？」

「十回連続で当たるなんて……偶然ではありえない」

あまりの的中率に周りの人間達も辺りの静粛を破るのが怖いのか声を低めて会話をしている。大きな声を出せないような緊張感の中で、ハロルドは九枚目のコインを投げる。

「きゅ、九枚目、裏。……当たりだ」

その言葉を聞いた瞬間、カサンドラの細い眉が不機嫌そうにきゅうっとつり上がる。

（ああ、これ絶対に大丈夫だ……）

これは占ったものが完璧に当たっている時に覚える感覚だ。リーゼロッテは一足先に小さく吐息を漏らし、勝負の行方を見守る。

辺りはシンと静まり返り、最後のコインの行方を、固唾《かたず》を吞《の》んで見守っている。

れた。

「最後だ。……行くぞ」

ピンと弾かれたコインは宙を舞う。緊張のあまりハロルドの手が一瞬震えたのが見て取れた。

「十枚目……あっ」

手の甲で受け止めそこねたコインが落ちていく。床に落下した瞬間、かすかな金属音がして、コインはくるくると回転する。

「どっちだ？」

近くにいる者達は、覗き込むようにして落ちたコインの行方を見届ける。リーゼロッテだけは頭をまっすぐに上げ結果が読み上げられるのを待った。ふと視線を感じてそちらに目を向けると、自分を見つめているのはフェルトルト公爵だ。

彼が結果はわかっているという顔で笑みかけた気がして、なんだか少しだけ不安な気持ちになる。

まっすぐに落下し、コインはゆっくりと回転し、最後は床の上で円を描くように回ってから、徐々に動きを止めた。

「……十枚目、表、だ……」

コインの前にいた男性貴族が、真っ青な顔をして呟く。

「それに……十回目のコインは取りそびれて床で転がったんだ……リーゼロッテ様が占った通りに……」

「まるで……コインの動きをすべて読んでいたようではないか……」

あまりの的中率に、辺りは水を打ったように静まり返った。リーゼロッテは重い責任を果たし終え、微笑みを浮かべる。

「これで、私の占いを信じていただけますでしょうか」

リーゼロッテがそう言うと、わぁっと歓声が上がる。奥で驚いたような顔をしているルードヴィヒの様子が面白い。

(だって……貴方がこの結果を望んでいたのでしょう?)

そんなことを思いながら見つめると、彼はゆっくりと口角を上げて徐々に楽しげな様子になる。うっとうしい親子に一泡吹かせることができてスッキリしたような顔をしているのを見て、リーゼロッテも思わず笑顔になった。だが……。

「……驚いたな。リーゼロッテといったか。これではまるで其方は聖女そのもののようだ。神聖力を使って占ったのだな? そうであれば、其方は『預言の聖女』ということになる……」

ハロルドが呟いた言葉に、辺りは一斉にざわざわと騒がしくなる。突き刺さるようなカサンドラの視線にハッとする。

「それではこの聖女について、宗主様に報告しなければなりませんね」

次の瞬間、カサンドラは明るく笑い声を上げ、笑顔を浮かべる。だが目がまったく笑っていない。リーゼロッテはゾワリと鳥肌が立つような恐怖をその視線に感じた。

『預言の……聖女』様！

だがそんな緊張した状況に気づいていない辺りの貴族達は、わっと盛り上がる。

「聖女リーゼロッテ様、私も占ってほしいことがあります」

「お時間を少しいただけないでしょうか。私の息子の結婚についてなのですが」

それまで占いなど女子供の遊びだと、無視を決め込んでいた男性貴族達までが顔色を変えてリーゼロッテに近づいてくる。

「リーゼロッテ様。一度食事でもどうでしょうか」

「我が領地にぜひ、遊びにきてください」

手を取らんばかりの勢いに思わず腰が引ける。

その瞬間、男達の間に体を入れてきたのはルードヴィヒだ。

「リーゼロッテ様は、我が家の客人だ。占いの依頼をしたいのであれば、ロイデンタール大公家を通してもらおうか」

自然とリーゼロッテは背中にかばわれる格好になり、突然態度の変わった男達のギラギラした視線から逃れられて、ホッと息をつく。

「か、かしこまりました」

さすがに黒竜大公に面と向かって話しかけられる人間は多くない。リーゼロッテはきゅっと拳を握って頼りになる大きな背中を見上げた。

（ありがとう。ヴィー）

心の中でだけ、その名を呼んで下を向きほんの少しだけ微笑む。だが次の瞬間。

「でしたらロイデンタール大公、ぜひリーゼロッテ様を一日借り受けたい」

よく響く声が聞こえて、リーゼロッテは驚いて顔を上げた。ゆったりと近づいてくるのは、フェルトルト公爵だ。その様子に人々がどよめく。

「リーゼロッテ様は大変美しい方だとは思ったが、これほど神聖力に溢れる女性だとは……さすが聖女テレーゼ様の愛弟子だ。……二人きりで一度お話をさせていただきたい」

にっこりと笑って、軽くルードヴィヒの肩に触れ、直接後ろにいたリーゼロッテに話しかけてくる。

なんて答えていいのかわからずルードヴィヒを見上げるが、彼もフェルトルト公爵を見つめどう答えるべきか迷っているようだった。

（この人は味方につけないといけない人だって、ヴィーは言っていたよね……）

彼の望みを実現するために、自分がその力になれるのなら……。そう思ってリーゼロッテはまっすぐフェルトルト公爵を見て笑顔を返した。

「……ルードヴィヒ様の許可をいただければ、ぜひ」

彼女が答えた瞬間、ルードヴィヒは一瞬下を向く。だがすぐに顔を上げ、微笑みながらフェルトルト公爵に向かって明るい声を返した。

「もちろん。後ほど時間を調整させていただきましょう。フローレンス様も許可いただけますでしょうか」

その言葉に、フローレンスも頷く。

「ええ。もちろん。リーゼロッテ様はロイデンタール大公の客人ですもの。私は構いません」

そしてリーゼロッテは、後日個人的にフェルトルト公爵と会うことが決まったのだった。

第八章　最後の夜と望まぬ門出

　この王宮の庭園には、ライリーの木は植えられていない。だがフェルトルト公爵から紫色の花を象ったネックレスを渡されて、リーゼロッテはふとルードヴィヒからもらった花弁が五つのライリーの花を思い出していた。

「リーゼロッテ様、如何されましたか？」

「いえ、フェルトルト公爵様、本当にこちらを私に？」

「……ウォーリアとお呼びくださいとお願いしたではないですか」

　そう言って美貌の公爵は柔らかく微笑みを浮かべた。

　王宮の庭園で、リーゼロッテはウォーリア・フェルトルトの何度目かの訪問を受けていた。あの歓迎の宴の夜には、ウォーリアからの書状が届き、翌日にはお茶を共にした。その時以来、三日と空けずに手紙が舞い込み、こうやって彼はリーゼロッテの元を訪ねてくるようになったのだ。

「リーゼロッテ様にこのネックレスはよく似合うと思うのです。つけてもよろしいですか？」

公爵は美しい顔を柔らかくほころばせると、リーゼロッテの首にネックレスをつけようとする。慌ててマリアンヌの姿を探すけれど、先ほどお茶を淹《い》れてくるようにウォーリアに申しつけられて、席を外していたことに気づく。

「髪を……あげていただけますか？」

そう言われて拒むこともできず、髪を左肩の上にまとめて、彼がネックレスをつけやすいようにする。彼が後ろに回り、ネックレスをつけてくれるのに合わせて、一瞬髪を持ち上げる。

「ああ、やっぱり。リーゼロッテ様に、とても似合いますね」

背後から胸元についたネックレスを見おろしたのか、かすかに耳殻に唇が寄せられる気配がする。ドキンと心臓が高鳴ってしまうのは、ときめきからではなくて、不安と緊張からだ。

（見た目も綺麗で優雅で隣国の公爵様で、それなのに平民の私に対しても親切で優しくて……本当にいい人なのに……）

そっとネックレスに触れて、彼女の反応を待っている様子の彼を見上げてリーゼロッテは微笑む。

「こんなに素晴らしいもの……私にはもったいないです」

「もったいない？　何を仰るんですか。リーゼロッテ様は『預言の聖女』と巷《ちまた》で評判ではないですか。もっと自信を持つべきです。私が傍にいれば力になれると思うのですが……」

彼がにっこりと笑って言うので、余計に身の置きどころがなくなる。

十回連続でコインの表裏を当て、ハロルドから『預言の聖女』という言葉を引き出してしまったことで、社交界ではリーゼロッテは聖女だと言われるようになってしまった。

教会から呼び出しも掛かり、それ以降、様々な男性からの誘いが引きも切らないが、ルードヴィヒは当然ターレン教会からの呼び出しには応じず、他の男性達の誘いも全部断り、唯一賓客であるフェルトルト公爵ウォーリアからの誘いだけは受けるようにリーゼロッテに言った。

（きっとルードヴィヒ様から見て、フェルトルト公爵と親しくすることは、都合がいいからなんだろうな……）

ルードヴィヒに協力すると決めたのに、その当の本人から、こうしてフェルトルト公爵との関係を強めるように促されるとなんだか切なくて辛い。

「今回はあと一月ほど滞在しますが、こちらを立つまでにはシュテファン殿下と娘アイリスの間で婚約が正式に成立する予定です」

向かいに座った彼にそっと手を握られ、驚いていると指先にキスを落とされた。彼に好意を抱いているわけではないけれど、男性に慣れていないから、じわりと頬が熱くなる。

「私はスタンフェルトに戻り、しばらくリンデンバウムに来ることもなくなります。そこで、もしよろしければリーゼロッテ様」

じっと見つめられて何を言われるのだろうと少し警戒する。

「私と共に、スタンフェルトにいらっしゃいませんか？」

予想外の言葉に目を瞠る。

「あ、あの……それは旅行に誘ってくださっているのですか？」

勘のいい彼女は、そうではないであろうと半ば確信しながらも、あえてそのように尋ねた。

「いいえ。もしリーゼロッテ様が許してくださるのなら、私は貴女に結婚を申し込みたいと考えております」

「え？」

予想外の突然のプロポーズに思わず声を失った。

（公爵ともあろう人が、平民の私に結婚の申し込みを……？）

何か企んでいるのだろうか、と思った次の瞬間、彼の話が理解できてしまった。

「私を第三夫人に、ということでしょうか……」

スタンフェルトの貴族は第三夫人まで娶ることが認められている。既にフェルトルト公爵には二人の妻がいると聞いた。

「ええ、一人目の妻は跡継ぎのために、二人目の妻は家政のために。そして三人目の妻は好きな女性と、というのがスタンフェルトの婚姻なので……」

柔らかい笑みを浮かべる。つまり好きなのはリーゼロッテだ、と言いたいのだろうか。

（そんなことは……多分ない）

他の人間同様、この男も単純にリーゼロッテの持つ占いの力が欲しいのだろう。すうっと気持ちが冷めていく。

（まあ、当然そうだよね……）

相手に無礼にならないように、笑みを浮かべつつも、相手の考えを読み取ろうとフェルトルト公爵の紳士に見える顔を見つめ返す。

「疑っていらっしゃいますね」

「そうですね、フェルトルト公爵とはまだ出会って間もないですから」

笑みを崩さず答えると、彼は小さくため息をついた。

「確かに信じていただけないかもしれません。ですが最初にお会いした時に、貴女に一目《ひとめ》惚《ぼ》れしたのです」

真剣な顔で口説かれても、不思議なほど心は華やぐことはない。

（やっぱり……ヴィーのことが好きなんだな。私……）

こんな素敵な人にプロポーズをされて、まったく心が揺らがないのはヴィーのことで心がいっぱいで、公爵が入る余地がないからだろう。そんな気持ちが伝わっているのか、彼は長い睫毛《まつげ》を伏せ、切なそうな表情をした。

「……リーゼロッテ様は大公閣下を愛していらっしゃるのですね」

しかしさらっと公爵が問うてきた言葉に思わず目を見開いてしまった。

「……ですが、彼のことを思うのなら、余計に貴女は私と共にスタンフェルトに移り住むべきです」

ルードヴィヒのためにも、と言われてリーゼロッテは咄嗟に彼の顔を見上げる。

「何故……ですか？」

「貴女がターレン教会から聖女として認定されそうだからです」

彼は美しい琥珀の目を細めて柔らかい表情を保つ。リーゼロッテは予想していなかった言葉に唇を噛みしめた。

「聖女、認定？」

「ええ、先日のことでターレン教は、リーゼロッテ様を正式に聖女として認定しようと考えているようです。これだけの影響力があれば拒否はしづらいでしょうし、認定のための式典ではいったんは貴女の身柄を教会に預ける必要が生じます」

騙《だま》されているのではないかと疑いたいけれど、シュテファンが王位に即位しスタンフェルトの姫との婚約が決まれば、ターレン教ができることは限られている。

「私を手に入れることで、シュテファン様の陣営に痛手を与えて、ハロルド様陣営の力にしようとしているかもしれない、ということですか？」

フェルトルルト公爵に尋ねると、彼は柔らかく微笑む。

「ええ。その上で今回のアイリスとシュテファン様との縁談を白紙に戻そうと考えることもあるかもしれません。ターレン教会の闇は深く、必要とあれば洗脳すると言われていますから」

「だとしても……私ごときの去就で、そんなことになるなんてありえないです」

　リーゼロッテは首を左右に振る。

「いいえ。世情が不安定な時ほど、人は未来を知りたいと願います。貴女の占いが聖女の預言として捉えられるのなら、それはすべてをひっくり返すほどの力を持つのですよ。シュテファン様とアイリスの婚約も、まだ幼い二人ですから、確定とは限らないのです。だからこそ、貴女は争いの種にならないように、スタンフェルトに行くべきなのです」

　彼の言いたいことの意味がわかっても納得できず首を縦に振れない。彼は困ったように笑みを浮かべた。

「率直に申し上げて、今のリンデンバウムはターレン教の影響が強すぎます。信者の数も多いですし、元王女を宗主に嫁がせているくらいですからね。ですが一夫多妻制を認めている我がスタンフェルトでは、一夫一妻制を教義としているターレン教の信者はそこまで多くはありません。まあ平民を中心に徐々に増えてはいるのですが、リンデンバウムに比べれば影響力は大分小さくなります」

　そう言うと彼はリーゼロッテの手を握り、じっと目を見つめた。

「貴女が貴女らしく生きていくためには、この国にはいない方がいい。それに……」

　彼は切なげに微笑み、彼女が知りたくもない真実を告げる。

「ロイデンタール大公は、多分、アイリスとシュテファン陛下の婚約が成立すれば、フローレンス様を妻として娶るおつもりでしょう」

彼の言葉に息を飲む。真実を突きつけられたようで、ズキンと胸が締めつけられて息が苦しい。

（やっぱり……そうだよね）

「今すぐに私のことを好いてはもらえないかもしれませんが、できる限りのことはいたします。まずはスタンフェルトにお越しください。私は結婚を申し込みましたけれど、申し出を受けるも断るもリーゼロッテ様のお心のままに。たとえ結婚の申し込みを断ってもスタンフェルトにきていただければ、貴女をターレン教に利用されるようなことだけはさせませんから……」

公爵は紳士らしく穏やかにそう言うと、そっとリーゼロッテの手を取り、もう一度指先に小さなキスを落とす。彼の申し出をありがたいと思いながらも、リーゼロッテは驚くほど自分の気持ちが動かないことに、ため息を漏らさないようにするのに必死だった。

＊＊＊

翌日の午後、リーゼロッテはルードヴィヒから大公邸に戻ってくるように呼び出されていた。

このところ忙しい毎日を送っているルードヴィヒが彼女の元を訪れたのは既に日が沈ん

だ後だった。夕食を共にしようと言われて、リーゼロッテは彼の私的なダイニングの部屋に向かった。

（やっぱり……素敵だな）

ただ目の前で食事をしているルードヴィヒの姿を見ているだけでドキドキしてしまう。やはり彼はリーゼロッテにとって特別な人なのだ。

（でも、いつまでこうして二人きりで食事なんてとってくれるのだろう。もしかしたら、今夜が最後かもしれない……）

彼に呼び出された時から、リーゼロッテは覚悟を決めていた。

「シュテファン様と、アイリス様とのご婚約は無事決まりそうなのですか？」

決意を隠し、静かな時間を埋めるようにぽつりぽつりと会話をする。

「ああ。そうだな。この話さえ決まれば、少しゆっくりする時間も取れそうだ……」

彼の言葉に頷きながら、食事を終えると、彼は食後の酒を持ってくるように侍女に言う。

（珍しい……普段なら食後はお茶を飲むことが多いのに……）

そう思っていると、彼は侍従と侍女達を遠ざけ、用意されたライリーの花を漬け込んだというお酒を二つのグラスに注ぐ。ふわりと漂うのは豊潤な花の香りだ。くつろげるソファーに移動し、彼と近い距離で酒のグラスの縁を合わせる。

「リンデンバウムとシュテファン殿下に祝福があらんことを……」

「……ロイデンタール大公閣下に祝福がありますように」

少し悩んでリーゼロッテが祝福の言葉を述べると、彼は何も答えずにグラスの中に視線を落とした。

「フェルトルト公爵から結婚の申し込みがあったそうだな」

伝えなければならないと思っていたことを先に言われ、ハッと視線を上げる。

「……フェルトルト公爵からこちらにも申し出があった。リーゼロッテを正式に第三夫人としたいと」

彼はじっとリーゼロッテの顔を見つめる。

「はい、確かに公爵様より結婚の申し込みをされました……」

「それで……貴女はまさか受けるつもりは……」

「お受けしようか、と思っています」

ルードヴィヒの言葉に、リーゼロッテの言葉が重なる。彼はハッとしてリーゼロッテを見つめた。

「どうして！」

「どうしてって……フェルトルト公爵の妻になれるなんて、平民の占いしかできない女からしたら、大出世じゃないですか」

わざと蓮《はす》っ葉に言い返すと、彼は息を飲んだ。

（ルードヴィヒ様は、私とは結婚できない、とそう言っていた）

だからこそ彼は何も反論できないだろう。

「……リーゼロッテは、それで幸せになれるのか？　既に……俺によって純潔を散らされているのに」

　ぽつりと呟く彼の言葉を聞けば、別に自分を愛しているからではなく、処女を奪ったからこその罪悪感なのだろうとわかってしまう。

「大丈夫です。私の貞操についての話は既にさせていただきました。フェルトルト公爵様は、自分も二人の妻がいる男なので、輿入れするまでに整理をするのであれば過去は一切問わないと」

　リーゼロッテの言葉に彼は何も言えないようだ。

「それに、このままだと私がターレン教会から聖女認定を受けることになるだろうとも仰っていました。あの宴以来、ハロルド様から絶えずご招待状はいただいているのですが、ずっとご遠慮させていただいていたので。そろそろしびれを切らしてくる頃だろうと公爵様が」

　彼はリーゼロッテの言葉に、不承不承頷く。

「ああ、それは……そうだろうな」

「ですのでその前に婚約しスタンフェルトに向かうことを公表すれば、聖女認定は回避できるのではというお話でした」

　国内で王座を巡り戦って勝利したとしても、隣国であるスタンフェルトとの関係を悪化させれば、ハロルド陣営も厳しい状況で政を行うことになる。

（それに、関係さえ悪くならなければ、もしシュテファン様が失脚した場合、ハロルド様がスタンフェルトに協力を申し出ることだってありうる。アイリス様との縁談を希望することだってできなくはない）

逆に言えばハロルド達は王位を手に入れるために、スタンフェルトを敵に回すことは極力さけたいだろう。

それをリーゼロッテが理解しているのと同様、当然ルードヴィヒもそのことは十分わかっている。だからこそ、何も言えないのだ。

「……それでは、私が公爵様の申し入れを受け入れることに関しては、許可いただけますか？」

ルードヴィヒはリーゼロッテを暗い目をして睨みつける。だがしばらくして深いため息をついて、視線を落とした。

「そもそも、貴女を留め置いていただけで、貴女について俺が何の権利を持っているわけでもないからな……」

吐き捨てるように言われる。だがリーゼロッテは彼の口調に怯《ひる》まず、柔らかく頷いた。

「はい、そうさせてください。私は私の力で……幸せにして差し上げたいのです」

誰を、とは彼の前では言えない。リーゼロッテが幸せにしたい人は世界でたった一人だからだ。

（でも、そう言えばヴィーを困らせてしまうだけだから……）

「……ただ釈然としない気持ちは正直ある。もしどうしても行くというのなら、俺と賭けをしよう」

突然彼はリーゼロッテの目をじっと見て、挑戦的に呟いた。

「何を賭けるんですか？」

彼は思案するように目を閉じた。青ざめた顔色は疲れているせいだろうか、とリーゼロッテは心配する。だが何かを言う前に彼はゆっくりと目を開いた。

「占ってくれ。この決断が貴女にとって幸福となるかならないか。貴女が幸せになるというのであれば、貴女の決意を……祝福、しよう」

彼の言葉にリーゼロッテは目を伏せて首を左右に振る。

「いいえ。私は自分のことはきちんとした形では占わないのです。……ですが、ルードヴィヒ様の未来についてなら占いましょう」

「ではそれでいい。占ってくれ。貴女のこの決断が、俺にとって幸福となるかならないかを」

「わかりました」

彼女は頷くとカードを取り出して、よくシャッフルをする。

しんとした夜の空気の中で、リーゼロッテは柔らかく吐息を漏らした。こんな状況なのに、彼と一緒の空間はたまらなく心地良くて、幸せな気持ちになるのだ。その空気を味わうように、彼女はゆっくりとカードを操る。

札を切る音だけが響く部屋で、彼女はすべての思いを込めて、たった一枚だけカードを引き出す。カードを表に出して思わず笑みが零れた。

「……竜の加護のカードです。この決断は貴方に混乱をもたらしますが、最終的には困難を乗り越えることで、大きな幸せをもたらすでしょう」

なんて彼にふさわしいカードだろう。

当たる占いは、いつだってわかる。リーゼロッテはそれがわかるからこそ、切なくて苦しい。きっと彼はリーゼロッテがいなくなったこの国で、あの人の大切な息子を正式な王位に押し上げて、そしてその母と結婚し幸せに暮らすのだ。

「……おめでとうございます」

声が震えないように穏やかな声で告げると微笑む。涙が零れそうになって、きゅっと奥歯を噛みしめた。リーゼロッテの言葉に、彼は鋭い視線を彼女に向けてきた。

「俺が幸せになる？　……貴女がいなくなったこの国で？」

その途端、テーブルに置いていた手首を握られた。至近距離で視線が重なる。

「……ええ、幸せになってください。ルードヴィヒ様」

リーゼロッテが涙を湛《たた》えた瞳で彼に告げると、ルードヴィヒは怒りと悲しみが綯《な》い交ぜになったような顔をして、彼女を抱き上げる。

「え、あの……何を」

「……輿入れまでに整理するのであれば、それまでの貞操は問わない、とそう言ったのだな。あの男は」

彼の言葉を聞いたリーゼロッテは、突然のことに驚きの声すら上げられない。彼はそれ以上何も言わずに、続き部屋になっている自分の寝室に彼女を連れて行く。

「あ、あの……」

ドサリと投げ出されたのは、大公にふさわしい立派なベッドの上だ。今までリーゼロッテは自分のベッドでそうされてきたように、彼に覆い被さられて大きく目を見開いた。

「何を……」

「どうしても俺の元を去るというのなら。……せめて貴女の心に消せない傷を負わせたい」

じっと見つめる表情は鋭くて、でも最初の頃のような冷めたものではなくて、熱線で射るような激しい情を感じさせるものだった。それだけで全身の熱が上がったような気がした。

（この人は……何を考えているんだろう）

大切な人がいるからリーゼロッテとは結婚できないのではないのか。ただ占いをして様々な人の人生の一部を覗いてきた彼女は、人は時に割り切れない行動を取るのだということも理解している。

（私もそう。きっと私はスタンフェルトに行っても、公爵様の結婚の申し込みを受けることはないだろう……）

それでも構わないと公爵は言ってくれた。彼女がリンデンバウムに残らないことが、アイリス姫の夫となるシュテファンを守ることに繋がるからだと……。それがどこまで本音かはわからない。リーゼロッテの占いの腕を大分買ってくれているので、パトロンとなるだけで十分なのかもしれない。

でも少なくともリーゼロッテがスタンフェルトに行くことで、自分の身近な人達に益があるのなら、それでいい。

何よりヴィーの役に立てるのなら……それが一番大切なことだから。

（私、どうやらヴィーのこと以外は、二の次三の次みたい。私自身より、ヴィーの方が心配だし、大事なんだな……）

だから彼が望んでくれるのだったら、自分の持てるすべてをあげよう。それがたった一時の夢のようなものだったとしても。

「リーゼロッテ……」

囁くように名前を呼ぶと彼はリーゼロッテの唇にキスをする。それは最初の時のような切羽詰まった声と口づけだった。

「ルードヴィヒ、様」

彼のうなじに腕を回し、そっと髪を撫でる。まるで恋人同士のように。目を閉じて彼の唇に自ら唇を寄せる。彼は柔らかく目を細めた。微笑みが浮かぶ彼の頬に触れて、もう一度キスをする。

（きっと、もう一生こんな気持ちで誰かにキスすることはないだろうな）

自分達の関係はどこまでも曖昧で、どう名前をつけて良いのかもわからない。少なくともリーゼロッテからすれば彼は最愛の人で、自分より幸せになってほしい人だ。

彼が大好きで、彼を忘れたくなくて、一生彼のすべてを覚えていられるように、リーゼロッテは彼の頭を撫でて耳に触れ、首筋に指を這わせ、彼の顎にキスをした。

「貴女は……どうして」

ルードヴィヒは狂おしげに囁いて耳朶《じだ》にキスをする。甘く噛まれるとゾクリとするような悦びが背筋を走っていく。

「私達、おかしいですね」

キスをしようとして彼と視線が重なる。

「ああ……おかしいな」

彼の唇の端がかすかに上がる。切ない気持ちを秘めたような目と笑みを浮かべる唇が、相反する二人の関係を表しているみたいだ。それ以上何も言えず目を閉じると、彼はそっと彼女の喉元に唇を寄せた。小さく口づけられて、彼に触れられていることが嬉しくて、全身の感覚を研ぎ澄ます。じわりと指輪が熱を持つ。

何も会話はないけれど、ゆっくりと手を差し出されてリーゼロッテはベッドの上に座り直す。彼がリーゼロッテの服を脱がそうとするから、リーゼロッテも彼の服に手を伸ばして、慣れないながらも服を脱がしていく。時折目が合うと、互いに微笑み合う。

（本当に、不思議……）

布一枚身につけない状態で彼が腕を差し伸べ、その腕の中に自ら体を預ける。ぎゅっと抱きしめられて、全身が彼と触れ合う。

（あぁ、愛している人と裸で触れ合うと、こんなに幸福な気持ちになれるんだ……）

好きな人に触れられるこの日のことを、一生忘れないようにしよう。きっとこんな想いで男性に触れられることなんて、これから先ずっとないだろうから。彼の膝の上に座らされ、ぎゅっと彼の腰に手を回しキスをすると、ルードヴィヒは彼女の頬をもう一度優しく撫でた。

「今ここには、俺と貴女しかいない。だから他のことは考えないでおこう」

彼の言葉の意味はわからない。ただその目はとても優しくて、だけど次の瞬間、彼の瞳が潤み熱を帯びた。

「俺しか知らない貴女が見たい……。乱れ狂う貴女が欲しい」

そっとベッドに押し倒されて、四肢を押さえ込まれる。口づけと愛撫が交互に降って来るから、ドキドキが止まらない。優しい唇が鎖骨を滑る。彼の頬を撫でようとした彼女の指先を捕らえると、彼は舐める。そのまま爪の先にキスをして、リーゼロッテの心臓の上に指を置いた。

「全部、諦められたら楽になるんだろうな」

「諦める？」

リーゼロッテの問いに彼は曖昧に頷く。

「約束があるんだ。それだけは守り通すと決めた約束が」

それは彼女との結婚だろうか。聞きたくもなくて手を伸ばし、彼のうなじを引き寄せる。

「今は……全部忘れてください」

私だけを見つめてほしい、そんな思いで唇を寄せると、彼は噛みつくように激しいキスをする。彼が触れたところが発火したみたいで、興奮で全身がゾクゾクと震える。肌が敏感になり、彼の吐息が肌に落ちるたび喘ぎが漏れた。

そっと彼がリーゼロッテの左胸に耳をつけて、鼓動を確認するような仕草をする。

「ど、どうしたんですか？」

「いや、リーゼロッテの鼓動が激しく高鳴っているのを聞いて、なんだかホッとしてる」

「なんで、ですか？」

「貴女が生きていることを確認したかった」

彼は耳を胸に寄せたまま囁く。リーゼロッテはそんな彼の頭を抱え込むようにしてゆるりと撫でた。

「大丈夫ですよ。私はどこに行っても生きていけますから。それにどこにいてもルードヴィヒ様と、フローレンス様、シュテファン様の幸福を祈っています」

本当はヴィーの幸せだけを望んでいる。けれどきっと、彼にとって大切な人の幸せは、彼の幸せに繋がるから。

「……そうか」

小さく笑った彼はゆっくりと頭を上げると、今まで耳を伏せていた左胸を手のひらでやわりと包み込んだ。

「あぁっ……」

温かくて大きな手に胸を包まれると幸せで、たまらず吐息が漏れた。

「気持ちいい？」

尋ねられて頷く。恥ずかしい気持ちもあるけれど、最後ぐらい素直になりたい。

「ルードヴィヒ様も気持ちいいですか？」

そっと彼の背中を撫で、肩口にキスをすると、彼は目を細めて笑う。

「ああ、リーゼロッテの体は温かくて、柔らかくて、本当に気持ちいい」

体重をかけられて強く抱きしめられる。密着度が上がり彼の香りに包まれて、少しだけ重くて、すごく切なくて、最高に気持ちいい。胸がぎゅっとなってたまらなくて、彼の頬にキスをする。なんだか涙が溢れそうでどうしていいのかわからない。彼が優しく、まるで愛おしむようにリーゼロッテの体を撫でていく。肩も腕も胸も、時折柔らかく唇が寄せられて、慰撫するようにキスが落とされる。緩やかな動きなのに、気持ちはどんどん昂《たかぶ》っていく。

「なんだか、おかしくなりそう……」

「そうなるように全部、俺が教えたんだ」

まるでダダを捏《こ》ねる子供のような口調で胸の先にキスをする。ズキンと痛くて、体中が気持ち良くて震える。

（きっと一生、貴方にしか触れられることはない、私の体……）

最後だからもっと彼と触れ合いたくて、足を彼の足に沿わせて絡めると、彼は息を飲んでぐっと感極まった表情をした。

「あぁ、気持ちいいな」

そう言うと微笑んでそっと額にキスをして、リーゼロッテを欲しがる。体を起こすと両手と唇を使って胸の隆起とその先で硬く凝っている淡い色の先を吸い上げる。愛されている感覚が嬉しくて、思わず甘い声が上がった。手を伸ばし、彼の腰を抱きしめるように触れて、気持ちいいと囁く。

「もっと……気持ち良くなったらいい」

交互に唇で挟んで感じやすい胸の先を味わうように彼は吸い上げ、舌で転がす。胸の稜線は窓から差し込んだ月の光に白く反射する。自分の胸が彼への想いで張り詰めているような気がして恥ずかしい。徐々に悦びがお腹の奥深くからこみ上げてくる。

「あぁ、すごく……気持ちいいです」

ぎゅっと抱き付いて囁くと、彼は下腹部に手を差し入れて、そっとあわいを開くように指を滑らせた。ちゅく、という水音はリーゼロッテが彼に感じているからこそ発する音だ。

「もっと触れてください」

リーゼロッテの積極的な言葉に、彼は一瞬目を開いて、それから無邪気な少年のような顔をして一瞬笑った。

「あぁ、そんなことを言われたら、止められなくなるじゃないか。まあ最初から……止める気もないが」

彼はリーゼロッテの下肢を開き、自らの膝の上に載せてしまう。下半身だけ彼に預けるような格好になったことが恥ずかしくて、リーゼロッテは焦って身を捩《よじ》る。

「え、あの……ダメです、そんなのっ」

「もっと触れてほしいと言ったり、ダメと言ったり、リーゼロッテには本当に困ったものだな」

彼はくすりと笑うと、お尻に手を回して持ち上げ、彼女の開かれた部分にしゃぶりつく。腰を持ち上げられて、もう逃げようもない。淫らな姿勢をさせられているのに、彼の舌が感じやすい芽を掠った瞬間、ビクンと体が跳ね上がり、足の先まで愉悦が走ったような気がした。

「あぁ！」

目を見開いて快感に声を上げる。一瞬目の前が真っ白になって軽く達したことに自分で気づく。

「あぁ、リーゼロッテのここがひくついて、蜜がたっぷり溢れてきた」

持ち上げられたせいで、これ以上なく開かれた部分をじっと見つめられ、イヤらしい言葉を投げかけられる。そのことすら悦びに変わってしまう。淫らで聖女にふさわしくない自分を彼に全部見られていると思うと、余計に快楽がこみ上げてくる。

「あ……ぁあ……もぅ、だめなんです……」

そう口では言っているくせに、中がヒクヒクとして、彼がもっと欲しいと刺激を求めている。

「俺に見られているだけで感じているのか？」

開かれた部分が物欲しげにはくはくと収縮を繰り返しているような気がする。

「見てないで触ってください。ルードヴィヒ様の指と舌が欲しいのです」

手を伸ばして、彼の手に触れて懇願する。彼は一瞬目を閉じて眩暈を堪えるような顔をした。

「あぁ、指も舌もたくさんやろう」

収縮している中に指がゆっくりと差し入れされる。彼の指は剣術稽古のせいで、少し硬くゴツゴツとしていて、その硬い部分もすごくいい。ぐじゅ、ずちゅと、蜜に塗れた中の襞《ひだ》を擦られるたび、リーゼロッテはじわじわと悦びと蜜を溢れさせる。そっと舌が外の感じやすい芽に触れて、吸ったり舐めたりされて中と同様の淫靡《いんび》な音を立てる。それすら彼との深い交わりのための儀式のようで幸せだ。

「ルードヴィヒ様、嬉しい」

舌を中に差し入れている彼の頭を抱え込み、彼の髪を撫でる。淫猥《いんわい》な行為を続けているのに、幸福感に涙が溢れてくる。

「泣くな……今ハンカチがないんだ」

リーゼロッテの顔を見つめると、彼が困ったようにくしゃりと顔を歪めた。

「ハンカチがないのはいつものことですね」

クスッと笑った瞬間、また涙が目尻から零れた。リーゼロッテが泣くたびに毎回彼が抱きしめてくれるのは、泣いている女性に弱いからか。涙を零すリーゼロッテを見ると、彼はそっと唇を目尻に寄せる。小さく舐め取るようにしてから彼は呟く。

「リーゼロッテの涙は、甘くて、塩辛くて……苦いな」

彼の言葉がまるで自分の気持ちを伝えているみたいで、リーゼロッテはくすりと笑った。

「ちょうど今、そんな気分です」

彼女の言葉に彼は息を詰めて、それから彼女の耳元で囁く。

「今から、貴女を抱く」

最後になるかもしれないけれど、それは言葉にはしないでリーゼロッテは頷く。

彼はリーゼロッテの体を開くと、自らを押し当てて、ゆっくりと入ってきた。

「ルードヴィヒ、様」

手を伸ばして彼の体を抱きしめる。

(ヴィー、私のヴィー)

心の中で何度も名前を呼んで、彼を確かめるように背中から腰まで撫でて、彼の手を捕らえてキスをして、それからしっかりと彼の手と自らの手を重ねる。彼はリーゼロッテの指を互い違いに繋ぎ、ベッドの上で彼女を縫い止めた。

「リーゼ、ロッテ……」

乱れる呼吸と、囁く声に心臓が高鳴る。胸の鼓動が激しくて、切なさで苦しくて苦しくて、呼吸ができない。

「ルード、ヴィヒ様……」

傷を残したいといったくせに、彼は愛おしげな表情をして大切にリーゼロッテを抱く。言葉こそなかったけれど、視線が合うと何度も口づけを交わし、頬をすり寄せ、手を握り合い……。

（こんな風に大切に愛してくれる人なんだ……）

やっぱりヴィーは変わってない。彼が抱えているのは贖罪《しょくざい》の気持ちか仄かな恋か、理由はわからないけれど、リーゼロッテは体の中で彼を感じて、全身が熱くなる。

「ヴィー、幸せになって……」

（ずっと、ずっと貴方が好きだったから）

「離れていく貴女の方が、幸運を祈られるべきだろう？」

彼は深くまで彼女を貫くと、そっと耳元で囁く。

「本当にすまなかった。せめて……誰よりも幸せになってくれ」

何度も交わりながら、優しい言葉と仕草に慰められて、リーゼロッテは緩やかな悦びの果てに絶頂に至る。

彼の名を囁いた時には必ず目を見て、小さく微笑みかけられる。しがみつくたびに抱きしめ返されて、そのたびに目の縁からは温かい涙が湧き上がり、リーゼロッテの頬を濡らす。何度も彼は彼女の涙を唇で触れて、吸い上げていく。

彼の熱を体の奥で感じて、深い愉悦の中で、リーゼロッテは意識を落とす。ぎゅっと彼の手を握り締めて……。

＊＊＊

明け方目が覚めると、ルードヴィヒはリーゼロッテをきつく抱きしめて眠っていた。

リーゼロッテは彼の腕の中からそっと抜け出すと、枕許にあった小さなサッシュから、ずっと持っていた彼の竜の指輪を取り出す。それから自分の指輪を外した。

「私の指輪の方がきっと私と馴染んでいる分、神聖力がこもりやすいよね」

そう呟くと外した自分の指輪を、両手のひらで包み込み胸の前で掲げ持つ。そして彼の安寧と幸福を心から祈った。

（ヴィーが誰よりも幸せになりますように。健康に恵まれて、人の縁に恵まれて、いつでも穏やかな気持ちで過ごせますように。たとえ困難や災難が訪れたとしても、この指輪が彼を守ってくれますように……）

自分の中の神聖力が彼の役に立つのなら、それを指輪に極限まで込めよう。両手の中の指輪にひたすら思いを込めていると、じんわりと熱くなってくる。手を開いてみると神聖力に呼応するように白く光り輝いている。

それを見ると、リーゼロッテは小さく笑みを浮かべ、今神聖力を注ぎ込んだ自分の指輪を彼の中指に差し入れる。不思議な指輪は最初リーゼロッテが着けたときと同じように、彼のサイズになり、すんなりと収まった。

この指輪は神聖力のない彼には見えないし、煙みたいなもので、彼からしたら指輪があることすらわからないだろう。それでも全力で思いを詰め込んだから、きっと密かに彼のことを守ってくれると思うのだ。

「代わりにヴィーの指輪はもらっていくね」

図書館に置き去りにされていた彼の指輪を指に着ける。

「ルードヴィヒ様、これだけ祈りを込めたのだから、幸せになってください」

そう告げると、彼女は彼の額に祝福を祈るキスをして、最後に彼の頰を撫で、服を着て静かに部屋を出ていく。

朝にもう一度挨拶をして、彼の屋敷とこの国から旅立つ準備をしなければならない。

第九章　竜の指輪と忘れ去られていた記憶

「イゾールダ、なんで僕を置いていったんだよ……」

そう声を上げた瞬間、ルードヴィヒは目が覚めた。目元が濡れていて、泣いていたことがわかる。

地下の牢屋《ろうや》のような部屋にいた幼い頃の夢を見ていたのだと思う。夢の中では涙を流すほど慕っていたのに、今口にしたはずの慕っていた相手の名前すら思い出せないことに苛立ちを感じる。ただ、自分は見捨てられたのだ、という思いだけが心で渦巻いていて……。

次の瞬間、ハッと気づいた。

「リーゼロッテ？」

自分が昨夜何をしたのか思い出し、彼は慌てて隣で寝ているはずの女性の姿を探す。だが既に彼のベッドの隣は冷たくなっており、リーゼロッテが部屋から出ていったことに気づいた。ぎゅっと手を握り締めて、また置いていかれたのだ、と彼は思う。

（……誰が、置いていったって？）

彼女はルードヴィヒに連れてこられて、聖女でなくすためという不条理な目的で自分に純潔を散らされたのだ。何があっても彼女を非難できるような立場ではない。

（それなのに、昨夜はなんで……）

隣国に輿入れするという彼女を、なかば無理矢理ベッドに連れ込んだのは自分だ。これから結婚するという女性にそんなことをした自分にも呆れる。だがそれを受け入れ、切ない顔をして涙を零していた彼女を思い出すと、空気が薄く感じられ息が苦しくなった。

ほんの数時間前まであったぬくもりを確かめるように、彼は彼女がいた辺りのシーツを撫でる。

（リーゼロッテは、なんで……あんな思いをしてまで）

彼女はやはり聖女なのかもしれない。求める人間を慰め、愛おしむ。拒絶することなど考えられないのだろう。そう思わなければ、彼女の行動が理解できない。

まだ昨夜の夢の中に心を残しているため、ぼうっとしたまま、そんなことを考えている。だがそれではいけないと、彼は気持ちを切り替えるために頭を横に振った。

「リーゼロッテを王宮に送り出さねばならないな……」

王宮に戻れば、一ヶ月後には彼女は公爵と共にスタンフェルトに旅立つことになるだろう。

（その方がいい。スタンフェルトならば、聖女に認定されて教会に取り込まれることはないだろうし、第三夫人とはいえフェルトトルト公爵の正式な妻になれるのだから……）

彼女が言っていた通り、平民出身のリーゼロッテからすれば、大変な玉の輿に乗ることになる。ふとフェルトルト公爵との会話を思い出す。

『貴方がリーゼロッテ様との関係に責任を持てないのなら、私がもらい受けます。彼女は魅力的な上に、政治的にも大変に価値の高い女性だ。だが貴方が正式に娶れないのであれば、彼女を守ることはできない。そんな人間は私を止めることはできないでしょう?』

彼の言葉にぐうの音も出なかった。それでもリーゼロッテが公爵と共にスタンフェルトに向かう決断をするとは考えてもいなかった。彼女の昨日の告白を思い出すと、ズキリと刃物を心臓に突き立てられたような痛みを感じる。

(いったい……この痛みはなんなのだ)

彼女の心は自分のものではない。そうわかっているのに自分でも理解できない感情が荒れ狂う。彼は胸に残った息をすべて吐き出して、なんとか気持ちを切り替えた。

(シュテファン様の婚約を成立させ、十歳の誕生日に正式に王位に即位させる……)

親友への義理を果たすまでは自分の幸せなど、望んではいけない。そんな自分はリーゼロッテを迎え入れることも、娶ることもできないのだから。

ふとシュテファンの姿を思い出すと、容貌がよく似たルードヴィヒの親友が脳裏に浮かぶ。

明るい金色の巻き毛に緑色の瞳。違うのは親友クラウスは眼鏡を掛けていたことくらいだ。今際の際の彼の顔が脳裏に浮かんだ。ふっくらしていた頰はほとんど食事がとれなかったことでこけ、呼吸が苦しいため顔色は青白く、楽しげだった緑色の瞳は焦点が合わなくなっていた。

『姉上は子供を授かっているんだ。僕は姉上と……その子のことも守ってあげたかったんだ……。ヴィー、代わりに助けてよ。君は黒竜の守護を受けているんだろう？』

力なく笑った親友の顔には明らかな死相が現れている。それが悲しくて、認めたくなくて……。

『わかった。一緒に王妃様とそのお子様を一緒に守ろう。だから早く良くなるんだ！』

自分が頼ったせいで、体の弱い彼はこんな病に冒されてしまった。酷い肺炎で熱が高くて額にはビッシリと汗をかいている。それなのに顔色は紙のように白くて……。今にも彼の命の灯火が消えそうだ。

きっと不安だろうし怖いだろう。死んでいこうとする親友の手を握り締めて、神に必死に祈った。親友に生きてほしいと心からただただ懇願し……。

だが生まれて初めての真摯な祈りは……結局叶えられることはなかった。

（クラウスを死なせたのに、俺は何も失わずのうのうと生きている。地位も名誉も、この命すらも、全部親友が文字通り命がけで繋いでくれたものなのに……）

だから受けた恩は親友の望み通り、彼の姉と彼女の愛息に返すと決めた。そしてオズワルド国王が亡くなった日から、ルードヴィヒは叔父と父を亡くした幼いシュテファンを守ることに全力を傾けてきたのだ。

(今が一番大事な時期だということはわかっている……)

リーゼロッテへの恋情と懊悩を振り切って冷静さを取り戻し、彼はゆっくりと顔を上げた。

その時、コンコンとノックの音が聞こえる。

「ルードヴィヒ様、朝の支度をお手伝いさせていただいてよろしいでしょうか」

カーテンの隙間から朝日が差し込んでいたことに気づく。彼はいつもの通りベッドから起き上がり、侍従を招き入れると朝の支度に取りかかった。

＊＊＊

その日の午前中にリーゼロッテは王宮に向かい、ルードヴィヒはすべてを忘れるためにひたすら宰相と協力して外交上の問題を片づけた。そして一ヶ月後に迫るシュテファンの婚約と正式な国王の戴冠式に向けての準備を整えていった。

クタクタに疲れ果てて、何も考える余裕がないくせに、夜になり彼女と過ごしたベッドに横になると、必ずリーゼロッテのことを思い出す。リーゼロッテとの日々がありありと脳裏に浮かんでくるのだ。

『ルードヴィヒ様』

　ふと彼女に呼ばれたような気がして辺りを見渡す。

（彼女は……どうしているんだろうか）

　いなくなってから、ことあるごとに彼女の楽しそうに笑う顔や、拗《す》ねて怒った顔、心配そうに自分を見つめる様子や、涙を零す姿を思い出し、胸が苦しくなる。

（王宮に行けば……彼女に会えるだろうか）

　彼女のことを思った途端、左手の中指が燃えるように熱くなった。

「――っ」

　驚いて自分の手を確認した彼は驚きに声を上げた。

「竜の、指輪？」

　一瞬はっきりと見えたのは、懐かしい指輪だ。次の瞬間、それが黒竜から受け取った指輪だと思い出した。それが輪郭を示すように光り、次の瞬間また見えなくなった。目を瞬かせ、今指輪があった辺りを指で擦ってみるが、あったはずの指輪は姿も見えなければ、形もわからない。

（確か指輪はあの時に外したっきり……）

　なんで今まで指輪の存在すら忘れていたのだろうか。指輪が見えた途端、一気に様々な記憶が蘇《よみがえ》ってきた。ああそうだ。竜の指輪は自分の意志で外したのだった。

（あの頃まではギリギリ、指輪は見えていたんだ。けれどあんなにクラウスのために祈ったのに裏切られたし、もう子供の頃の夢の中で生きているわけにはいかないと思って）

クラウスが亡くなった日の夜に、屋敷の図書室にあった子供用のテントの中で、机の引き出しにしまった。子供時代と決別する意志を自分なりに示したつもりだった。

瞬間、脳裏にまた金色の髪に優しい目の少女の姿が浮かぶ。

懐かしくて、切なくて、息が乱れる。

(夢の中で会っていた……少女だ。そういえば名前はなんだったっけ……)

一瞬で消えた映像を見たくて、ルードヴィヒはもう一度指輪が見えないか、左手の中指を凝視する。しかし指輪はかすかに光ったり姿を消したりして、存在があやふやなままだった。

「いったい……なんなんだ」

何かを忘れてしまっているという苛立ちと焦燥感が募る。時折脳裏に浮かぶ夢の少女は、どう考えても幼いリーゼロッテに思えて仕方ないのだ。

(俺は、何の記憶を失くしていたんだ？)

大切なものをまた失ったのではないかという不安が、チリチリと胸を焦がす。

「……全部、思い出さなければ……」

じっと指輪を見つめ、左手の中指を右手で覆う。癖になっていた仕草は、ここに大切な指輪をつけていた頃の癖の名残か。じんわりと温かくて、見えなくてもそこに指輪があることがわかった。すると自然に言葉が唇から零れてくる。

「イゾールダ、教えてくれ。俺は……竜の指輪を外して、何を忘れたのだ？」

彼の問いかけに呼応するかのように指輪は瞬き、次の瞬間、彼はその場で意識を失ってしまった。

＊＊＊

「今日も、ヴィーは来ないなあ……」

どこからか女の子の声がする。ふわりと風に乗って香るのは、懐かしいライリーの花の香りだ。ルードヴィヒは微笑みを浮かべて、ライリーの木の下にいるはずの少女に会いにいく。

「リーゼ、久しぶり」

その姿を見て、自然と彼女の名前を呼んでいた。だが彼女には彼の姿が見えていないらしい。すぐ傍まで近づいたのに、彼女は彼に気づく気配すら見せない。

「最近、全然ヴィーは来ないんだから」

木にもたれかかり、彼女は少し怒っているみたいだ。

「まあ学校が楽しいのはわかるよ。友達ができたって言ってたし……」

そう言いながら彼女は木から離れるようにぴょんと立つと、エプロンの端を持って、空から降ってくるライリーの花を受け止める遊びを始めた。くるくると回るたび、スカートが広がって、膝の辺りまで裸足の足が見える。

「それにしたって、たまにはここに来てくれたらいいのに……」

回転しながら、ぶうぶうと文句を言う様子が愛らしい。リーゼロッテとよく似た少女は金色の髪をなびかせて、優しいヘーゼル色の瞳を細めて小さく笑った。

「でも……いいか。ヴィーが昔みたいに怪我をしたり、誰かに苛められたり、毒なんか飲まされるようなところにいないのなら、それが一番いい。私は大好きなヴィーが幸せになっていてほしいもの」

歌うように話している彼女がふと足を止めて、じっとルードヴィヒのいる方向を見つめる。

「だけど……たまに寂しくなるよ。私にはヴィーしかいないのに……」

唇は柔らかく笑みを浮かべているのに、眦《まなじり》にはじんわりと雫《しずく》が溜《た》まっている。泣き虫リーゼが指先で涙を払う。その仕草を見ていると、息が苦しくなるほど切ない気持ちになった。

ふと二人きりのベッドで、リーゼロッテが気づかれないようにひそかに涙を拭いていたことを思い出した。きれいな雫が散って、シーツを濡らしていく。

せめて抱きしめて慰めたかったのに、自分の中途半端な立場を思うと何もできなくて、眠っているふりをして彼女を抱き寄せることしかできなかった。

(俺は……ずっとリーゼロッテに酷いことをしてたんだな)

記憶があれば、あんな苦しい思いを彼女にさせることはなかったのかもしれない。もし彼女が彼のことを覚えていて、それなのにあのような冷たい態度を取られていたら……。

　今までのことを思い出すと、平然と彼女にしていたすべてが、人でなしにしかできない下劣極まりない行動だとわかる。

「……ヴィー、来ないかなあ。チラッとでもいいから顔が見たいよ……」

　まだ諦めていないらしい彼女が呟く。ほんの少し涙混じりの声。せめて今この自分の姿が見えて、いつも待っていてくれてありがとう、なかなか来られなくてゴメンね、と謝れたら良いのに。

（それでも……指輪を外してここに来られなくなった俺を、リーゼはずっと待っていてくれたんだな……もしかしてつい最近まで待っていてくれた、なんてことはさすがにないだろうけれど……）

　ルードヴィヒが大きく息を吸うと、ゆっくりとすべての記憶が蘇ってくる。


　黒竜のイゾールダが森に捨てられた自分を拾って育ててくれた。そして二年ほど一緒に暮らし、大人になる前に、人の子は人の中で育った方がいいと、愛情深く見守った養い子を親許に帰そうとしてくれた。

　別れる前にお守り代わりにとくれた指輪。

『この指輪は見える能力のある人にしか見えないんだよ。だから誰にも取り上げられることはない。竜の養い子となったお前を守り、大事な縁を繋いでくれる特別なものだ。たとえ見えなくなっても……肌身離さず、一生持ち続けてないといけないよ』

そう言われていたのに、親友を亡くした時に助けてもらえなかったと勝手に恨み、彼は指輪を外したのだ。

いや幼いルードヴィヒにとっては、イゾールダと一緒に生活している頃が一番楽しくて幸せだった。それなのに、無理矢理帰された『人の世界』があまりにも辛く厳しすぎて、大公邸に自分を戻したイゾールダを恨んですらいたのだ。

（ずっと……リーゼはここで俺を待っていてくれたのに……）

指輪を外した途端、ほとんど神聖力を持たない自分は指輪の存在を忘れ、黒竜との絆も記憶も、リーゼロッテと夢のことすらもすべて忘れてしまっていた。

「あーあ、今日もヴィーは来ないし、そろそろ帰ろう」

リーゼロッテは立ち上がり、ライリーの木の下からゆっくりと歩き始める。目の縁にはずっと涙が溜まっている。

「もう……来てくれないのならいいよ。大人になったら私が王都に行こう。それでヴィーに会うんだ。それまでに占いの腕を磨いて、ヴィーが幸せになれる手伝いをしよう」

彼女はそう呟くと、まっすぐ前を向く。

「……だって、私はヴィーが誰よりも大好きだから……」

一瞬彼女と視線が合ったような気がして、思わず走り出していた。だが彼女を抱きとめようとした手は空を切り、彼女は彼をすり抜けて歩いていく。夢から覚めたのだろう、彼女は途端に姿を消した。

ルードヴィヒは彼女の姿を追おうとするが、その場から動けなくなる。そして彼は気づいた。

「そうか、だから俺がここに来た時にはいつだってリーゼがいてくれたんだ」

神聖力が足りなくて、命に関わるような時にしかここに来られなかった自分を、神聖力を持つ彼女は常に夢の中で待っていてくれたのだ。

（ずっと一人でライリーの木の下に立って……）

ふとその姿が最後の一夜を過ごした後、一人王宮に向かおうとするリーゼロッテと重なった。


『それでは……こちらに戻ることはもうないと思うのですが』

ヘーゼル色の瞳を涙で潤ませ、切ない表情で彼女は囁くように告げた。

『ルードヴィヒ様、お幸せになってくださいね……』

祈るような仕草をして、彼女は一粒涙を零して彼の元を立ち去る。ルードヴィヒは咄嗟に彼女の手を取ろうとして、自分がそうする立場にないことを思い知り、唇をきつく嚙みしめる。

『あぁ、リーゼロッテも幸せに……』

リーゼロッテは薄く唇を開いて何かを呟いた。

それは永遠に彼が知ることができない言葉なのだろうとルードヴィヒは思う。

記憶を取り戻した彼は、初めて失ったものの重さに気づき、言葉をなくしたのだった。

＊＊＊

目を開けると既に朝だった。なくしていた記憶は戻ってきた指輪と共にすべて蘇っていた。それと同時に一つわかったことがある。

「この指輪は……俺のじゃないな」

石の色が違うのだ。多分リーゼロッテがつけていたものだろう。役に立たなくなった自分の指輪の代わりに、彼女がルードヴィヒを守るためにつけてくれたのかもしれない。

（いったいいつの間に……）

次の瞬間、ハッと気づいて着替えもそこそこに部屋を飛び出す。侍従達が驚いて声を上げるが、無視してそのまま図書室まで走り、子供用のテントの中にあったはずの指輪を探しに行く。

仕掛けを解除して机の引き出しを開けた。だが、既にそこには指輪はなく……。

（もしかして、リーゼロッテが俺の指輪を持っていったのか……）

彼女が図書室を好んで使っていたことはわかっている。もし図書室を利用している時に指輪を見つけたのなら……そうであれば、彼女は全部気づいていたはずだ。自分がヴィーで、彼女のことを忘れていることも。指輪を外してしまったことも……。

「なんで……何も言ってくれなかったんだ？」

呟いた途端、理解してしまった。

（俺に話しても意味がないと、思ったのだろうな……）

イゾールダの名前にも反応せず、黒竜大公と呼ばれることすら嫌がっていたくらいだ。そもそもリーゼロッテと過ごした記憶を指輪と共に失っていたのだから、彼女がその話をしてくれても、碌《ろく》に耳を貸さなかったに違いない。

ふと夢のライリーの木の下で、ずっと一人で自分を待っていてくれたリーゼロッテの姿を思い出す。幼い頃、怪我をした時に治療をしてくれて、いつも笑顔で話を聞いてくれた。あの一時が、彼が子供として遊んだり笑ったりできる唯一の時間だった。

薬を作るのが下手な薬師見習い。そうからかうと拗ねて怒って……。

「あ……あぁ」

湧き出すように蘇る過去の出来事を、また一つ思い出して息を飲んだ。

そうだ、彼女には命まで救われた。聖女テレーゼの作った最後の貴重な薬で、あの胸糞《むなくそ》悪い義理の母親に盛られた毒を解毒してもらったのだ……。

（誰にも大事にされていなかった俺に優しい愛情を傾けてくれた少女）

きっとそれは今も続いているのだろう。

（さっき夢の中でリーゼが言っていたみたいに、自分に会うために彼女はわざわざ王都に

来てくれたのか）

それなのにリーゼロッテは『聖女でなくす』などという酷い理由で、自分を攫った男に純潔を奪われて……。何も気づかなかった彼のことを、仕方ないと許して、数々の狼藉《ろうぜき》もその体と心で受け止めてくれて、以前と変わらない愛情をずっと注いでくれていたのかもしれない。

（……いつ、俺がヴィーだとわかったんだ？）

いたたまれなさと、申し訳なさで吐き気がしてくる。

たまらなくなって彼女に会いに行こうと決めた。

せめて、今までの不義理を謝り、あの夢のライリーの下に行けなくなった理由を話して……。

慌てて部屋に戻り、追いかけてきた侍従に告げる。

「王宮に向かう」

そう彼が言うと、侍従は突然のことに驚きつつも頷く。

「畏まりました。それでは外出の準備をいたしましょう」

＊＊＊

「リーゼロッテはいるか？」

朝から王宮に向かい、彼女の部屋に飛び込むくらいの勢いで駆けつけると、常にリーゼロッテに付き添っているはずのマリアンヌが一人部屋に残っていた。

「ルードヴィヒ様、どうされたんですか？」

驚いているマリアンヌを見て、彼は小さく息を吐き出す。

「リーゼロッテに謝りたいことがあってきたんだ……」

だが、マリアンヌは首を横に振った。

「リーゼロッテ様はこちらにはいらっしゃいません」

ルードヴィヒは首を傾げる。確かに視線を向けた部屋の奥に彼女のいる気配はない。

「朝からフェルトルト公爵様のお誘いを受け、今はご一緒にいらっしゃると思います。バラ庭園でお茶を飲まれるとか……」

それを聞いて、庭園まで様子を見に行くことにする。ずっと夢の中で寂しそうにしていたリーゼロッテの姿が脳裏から消えないのだ。

王宮の中庭に出ると、バラ庭園に向かう。するとシダで編んだブランコに座っているリーゼロッテの姿が見えた。

「リー……」

「リーゼロッテ。本当にこんなものでいいの？」

だが、声をかけようとした途端、シロツメクサの花冠を持って彼女の元に戻ってきたフェルトルト公爵の姿に気づき口を噤《つぐ》む。公爵がうやうやしく花冠を彼女の頭に載せると、リーゼロッテは恥ずかしげに小さく笑った。

「本当に作ってくださるなんて……」

少し顔色が青い気がしたものの、彼女は嬉しそうに花冠を受け取り、両手でそれを押さえるようにした。

「まったく……聖女様は欲がない。そのシロツメクサの花と同じ数の真珠で作ったティアラをプレゼントすることだってできるのに」

そう言うと、彼は素早くリーゼロッテの頬にキスをした。二人の様子を隠れて見ているルードヴィヒの胸が軋む。

「これがいいのです。……公爵様自ら、花冠を編んでくださるなんて……本当にお優しいのですね」

彼女は何故か切なげにそう囁くと、じっと公爵を見上げて微笑む。彼はそっと彼女の頬に触れて今度は唇にキスをしようとするが、彼女は小さくかぶりを振って下を向いた。

「すみません……まだ、気持ちが追いついてなくて」

彼女の言葉に彼は笑顔のまま柔らかく頬を撫でて、穏やかに微笑み返す。

「そうでしたね。無理強いはしないと約束しました。リーゼロッテは、今までいろいろな人から欲を持たれて、振り回されてきたのですから。……せめて、私だけは一方的に思いを向けないことにしましょう」

彼の言葉がルードヴィヒの胸を突き刺す。

（あぁ、俺のことを言っているのだ……）

彼女がいつだって自分を受け入れてくれるのを、ルードヴィヒは当然だとどこかで思っていた。リーゼロッテは優しくて、微笑みを絶やさずにどんなわがままも許してくれる。

（だけど聖女に育てられたからとはいえ、彼女だって一人の女性だ）

リーゼロッテは昔から健気で素直な気性をしていた……。だからこそ大切にしてくれる人の下で幸せになるべき女性なのだ。

小さく息を吐き出すと、微笑みあって会話をしている二人から離れる。

（せめて、これ以上彼女を不幸にすることだけはやめよう）

謝りたいのも、許しがほしいのも、全部自分のわがままに過ぎない。自分が楽になりたいだけ、彼女に笑顔をもう一度向けてほしいだけ……。

リーゼロッテに背を向けて、一歩進むごとに胸が引き裂かれるように痛い。呼吸をするたびにガラスの破片を飲み込んでいるような気がする。彼女から完全に遠ざかると、大木の手前で足を止めた。左手の中指にあるはずの指輪を右の手のひらで握って、木の幹に額を押し当てて、荒れ狂う感情を押し殺す。

（俺はいつだって身勝手だな……）

今までの自分を振り返ると後悔しかない。だが今後ろを振り向いても、誰も幸せにならないことはよくわかっている。だったらせめて、リーゼロッテがいつもルードヴィヒの幸せを祈り続けたように、自分もリーゼロッテの幸せを祈ろう。

（スタンフェルトで、ターレン教会の制約を受けず、優しい夫に愛されて、幸せに暮らしたらいい……）

柔らかくフェルトルト公爵に微笑みかけていた、先ほどの切なげな彼女の笑顔を思い出し、それがルードヴィヒの腕の中で見せてくれていた笑顔と重なる。

（あんな寂しげな笑顔がふさわしい娘じゃなかったのに）

もっと明朗で一緒にいる人がつい笑顔になってしまうような、そんな太陽みたいな微笑みを、いつだって彼女は浮かべていた。

（あの屈託のない笑顔を奪ったのは、俺か）

ルードヴィヒはクッと奥歯を嚙みしめる。

彼は再び普段通りの冷静な表情を取り戻して、まっすぐ顔を上げた。ターレン教会の動きが活発化している。そちらの勢力を抑え込み、シュテファンの戴冠式と婚約発表を無事執り行わなければならない。

（そうすることが、リーゼロッテにとっての幸せにも結び付くはずだ……）

せめて今まで彼女が祈っていてくれていた何分の一か、神聖力のない自分でも彼女の幸福を願うことぐらいはできるだろう。

（もし……許されるのであれば、彼女が旅立つ前に最後にもう一度、彼女と話をして、自らの過ちを謝ろう……）

そのためにできることは何か、彼は考えながらその場を立ち去ったのだった。

第十章　『預言の聖女』と血塗れ大公

「そろそろ戴冠式が始まる頃かな……」

　リーゼロッテは空を見上げて大きく伸びをした。王宮の表側は大わらわだろうけれど、リーゼロッテのいる王宮の奥は静かだ。ルードヴィヒの信頼の厚いマリアンヌも戴冠式と婚約式の準備にかり出されている。なので平民のリーゼロッテは周りに迷惑をかけないように今日は大人しく、部屋から一歩も出ずに一人で過ごす予定だ。

（今日の戴冠式が終わったら、一週間後にスタンフェルトに旅立つのか……）

　いまだに実感はない。だが考えてみたら、故郷から王都に出てくる時も、先が見えないまま、ただヴィーに会いに行こうというだけの無謀な冒険心で村を出たのだ。

（それに比べたら、今回はフェルトルルト公爵様が一緒にいてくださるし……）

　移動の準備もすべてマリアンヌと王宮の侍女達が用意してくれた。身一つで来てくれたらいいと、フェルトルルト公爵にも言われているくらいなのだ。

（スタンフェルトに行くという話が出てから、ターレン教会もすっかり大人しくなっちゃったな……）

ルードヴィヒの大願が実るこの時期に、自分のことで水を差すのは嫌だと思っていたので、スタンフェルトに移動すると決意表明をしたのは良かったのかもしれない。

窓から外を見ると本当に気持ちのいい天気で、シュテファン王の未来を暗示するように明るい太陽の光が差し込んでいる。空は青々として、雲一つない好天だ。

「ルードヴィヒ様も、今日のこの日を喜んでいるだろうな」

結局あれ以降、ルードヴィヒと直接話す機会はなかった。このまま別れてしまうのは正直寂しくて身を引き裂かれるようだけれど、会ってしまったらもっと辛いから、いっそ会わずに旅立てたらいいとも思っている。

無事シュテファンが王位継承しアイリス姫との婚約が成立すれば、ルードヴィヒも本当に好きな人と結婚し、幸せな日々を過ごせるようになるだろう。

「私がいなくても、何の問題もなさそう」

一人でずっと彼のことを心配していただけだ。けれどはっきりと自分が不要になるのだと言葉にするとなんだか胸がざわついて、喜ばないといけないのに切ない気持ちになる。

（……戴冠式についての結果も、何の不安もないって出たし、ね）

リーゼロッテは昨日、緊張している様子のフローレンスに呼び出されて、今日の戴冠式について占いをした。

「心配ありません。明日の戴冠式と婚約式に関しては問題なく終わります。しかもその後、大きな祝福を受ける予兆が示されています。……シュテファン様は国民からも支持され、治政は揺らぐことはないでしょう」

リーゼロッテの言葉に、フローレンスはホッとしたように微笑んだ。隣には神妙な顔をして占いを聞いていたシュテファンがいた。

「リーゼロッテ、ありがとう。いろいろ世話になった。スタンフェルトに行った後は、アイリスと仲良くしてほしい」

明日十歳になる王位継承予定者は、まだ声変わりもしていない少年らしい可愛い声で、丁寧にお礼の言葉を紡いだ。アイリス姫の名前を出した時は、ほんのり顔が赤くなったので、自身の婚約者に好意を持っているのだろう。リーゼロッテはそんなシュテファンの様子を微笑ましく思った。

「こちらこそ、ありがとうございます。シュテファン様、お幸せになってくださいね」

堅苦しくない言葉で寿ぐと、彼も柔らかい笑顔を見せた。

「頑張れとか、励めとか、リーゼロッテは言わないのだな」

戴冠式を前にいろいろと重圧を感じて緊張しているのだろう。そんな緊張も明日で一旦落ち着くだろうと思うと、自分のことでもないのになんだかホッとする。

「……リーゼロッテ様は本当にスタンフェルトに向かわれるの？」

二人の会話を微笑ましそうに聞いていた王妃は、ふと表情を曇らせてリーゼロッテに尋ねた。

「……それで……本当にいいのですか？」

躊躇《ためら》いがちに向けられた問いにリーゼロッテはしっかりと頷く。

「はい。もう決めましたから。フローレンス様……ルードヴィヒ様をよろしくお願いいたします」

息を少し吸ってから、真剣な面持ちで頭を下げると、彼女は驚いたように目を丸くする。

「……大公に助けていただいたのは、こちらの方よ。でも今回のことで、彼もそろそろ自責の念から解放されるといいのだけど……」

「自責の、念？」

彼女の言っている意味がわからなくて問い返すが、王妃は悲しげな笑みを浮かべ、何も答えなかったのだった。


リーゼロッテがそんな風に昨日のことを思い出していると、ノックの音がした。

「はい、どうぞ」

「リーゼロッテ様、失礼します」

そう言って入ってきたのは、見知らぬ侍女と大きな箱を持った下働きの男性らしき人間が数人。

「あの……貴方達は？」

通常下働きの人間が王宮の表に出ることはなく、当然部屋に入ってくることもない。いくら人手が足りないとは言っても、王宮内ではありえない光景に何が起きているのか戸惑い尋ねたその時、男達が一斉にリーゼロッテを囲んだ。

「きゃ……っ」

悲鳴を上げかけたところで、男達はリーゼロッテを羽交い絞めにすると猿轡を噛ませた。驚いて手を振り回して逃れようとするが、男達はひるむことなく、彼女の手足を素早く縛っていく。

「んー、んー、んーーーーーっ」

咄嗟に体を突っ張って抗おうとするけれど、屈強な下働きの男達に手足を押さえ込まれてしまう。暴れようとしても、蜘蛛《くも》にとらわれた蝶《ちょう》のように身じろぎすらできない。抵抗する余地すらなく無理矢理箱に詰められていた。

（何、何が起きているの？）

箱の中は真っ暗だ。縄を解こうとしてもしっかり結ばれていて、緩めることも難しそうだった。

（私、攫われるの？）

警備の厳戒な王宮内でこんなことが起こるなんて。普通なら外から無法者が侵入できるような場所ではないはずだ。だが、貴人達とは違い護衛がついてはいないリーゼロッテなら、内部からの協力があればこうやって攫うことも可能なのかもしれない。

（今日王宮内は騒ついていて、奥は人も少ないし。でもどうして、私なんかを……）

「使用人の通路を使って、そのまま外に……」

最初に入ってきた侍女は落ち着いて男達に指示を出しているようだ。ゴトゴトと手押し車のようなものに乗せられて連れ去られる。不安と恐怖がこみ上げてくるが、声すら上げられない状態ではどうしたらいいのかわからない。

(どこに連れていくつもりなんだろう……)

どうやら男達は裏側の使用人の出入り口から荷馬車にリーゼロッテを乗せ換えたようだ。男達は普段から王宮に出入りしている者のようで、門番は特に荷物を開けて確認することもなく彼らを通した。

(このままだと、王宮の外に出ちゃう……)

手足を縛る縄が食い込んで痛い。荷馬車だからだろう、ガタガタと上下に常に揺れているせいで頭まで痛くなってくる。猿轡がなかったら、舌を噛んでいたかもしれない。だが猿轡のせいで呼吸すら上手くできず苦しい。

(このまま……どうなるんだろう)

突然の出来事の連続に、リーゼロッテは気が動転してまともにものを考えられなくなる。途切れ途切れの意識の中で、呆然と先ほど見た青い空を思い出す。

(戴冠式はもう終わっているかな……)

自分はどうなるかわからない。けれどせめてシュテファンの戴冠式が無事に終了し、こんなことになった自分がルードヴィヒに迷惑をかけないことを願っていると、徐々に意識が遠くなっていった。

＊＊＊

「……そう、じゃあもう薬を使ったんだ。意志を持たない都合の良い聖女のできあがりってことだね」

リーゼロッテは椅子に座らされていた。目の前に立つのはこの間リーゼロッテを『預言の聖女』だと言った男、ハロルドだ。だがそれすら彼女は気づくことができなかった。

「ええ、これで思い通りに動くはずよ。あとは私達に都合の良い預言をこの女に言わせたらいいだけ。大公は自分の屋敷で愛人同様に可愛がっていたらしいじゃない。自分が楽しんで、それからその女をスタンフェルトの公爵に押しつけて……。それを横から掻っ攫ったら、あの出しゃばりの大公の顔を潰す意趣返しもできて最高ね」

そう言ってリーゼロッテの髪を掴んで顔を覗き込むのは、ハロルドの母カサンドラだ。

（なんだろう。頭の中がぼうっとして……よく働かない）

何が起きているのかもわからないリーゼロッテは自分が今いる場所をぼんやりと眺めている。室内には豪華な部屋にターレン教会の祭壇が飾られていた。金銀を贅沢に使った、ずいぶんと立派な祭壇だ。

「まったく、鼠《ねずみ》みたいに王宮の奥に逃げ込んでなかなか出てこないから無理矢理引っ張り出すことになったけど、でもまあ、なんとか間に合いそうで良かったわ」

ニコニコと機嫌良さそうに笑って、リーゼロッテに話しかけてくるカサンドラの言葉の意味もほとんど理解できない。

「あ、あ……」

何か言わなければと掠れた声を上げると、気づいたらしいカサンドラが水の入ったコップを差し出した。それを意識がぼんやりしているリーゼロッテは受け取って、警戒することもなく飲み干した。

「はぁ……」

喉の渇きが収まり、ようやく声が出るようになった。

「本番できちんと話せないと困りますからね」

いかにも優しげにカサンドラはにっこりと笑う。だがリーゼロッテはその薄ら寒い笑顔に本能的に怯え体が震えた。

「で、この子を攫ってきた男達はどうしたの?」

ハロルドの言葉にカサンドラは、意地の悪い魔女のように、にぃっと赤く塗られた唇の端を上げた。

「宗主様の下で働ける栄誉を与えると言って、教会の奥深くに連れていったわよ。ターレンの神を信じるがあまり、勝手に王宮から聖女を救い出してしまっただけの、善意の信者達だからね……」

「母上は怖いな。どうせこの聖女様に使ったのと同じ薬を使ったんだろう。まああとは合図さえ送れば、僕達の都合の良いように話し始めるってことか。それじゃあ『預言の聖女様』、そろそろ行こうか」

その言葉を合図にターレン教の信徒が身につけている黒い衣装をつけた男達がぞろぞろと入ってくる。リーゼロッテは男達にぐいぐいと背中を押され、どこかに連れて行かれたのだった。

＊＊＊

晴れ渡る空の下、新国王披露のために用意されたバルコニーにルードヴィヒが立つと、新国王を一目見ようと集まった民衆のどよめきが伝わってくる。

「先ほど、シュテファン国王陛下は無事戴冠と、婚約の儀式を終えました」

報告の声に一斉に歓声が上がった。

「シュテファン国王陛下、万歳！」

「陛下、即位とご婚約おめでとうございます！」

祝いの声に、少年王は傍らに婚約者となるアイリス姫を伴って、堂々と国民の前に立ち、皆の祝福の言葉に手を挙げて応える。元々見目の良い少年でもあるので、国民達はその凛々しくも愛らしい姿に熱狂しているようだ。

（無事、終わった……）

大きな目標としていた新国王即位と戴冠式を終えた。シュテファンに隣国スタンフェルトの姫との婚約という力強い支えもでき、これで一通りの目処が立ったとルードヴィヒは安堵の表情を浮かべた。新国王シュテファンの数歩後ろで、王妃から王太后となったフローレンスが控えめに微笑んでいる。彼女の隣には、婚約者の父であるスタンフェルトのフェルトルト公爵も笑顔で立っていた。

あとはシュテファンからの国民への宣言が終われば、儀式はすべて無事終了したことになる。シュテファンが大きく息を吸って、声を上げようとしたその時。

バルコニーの下で何やら騒ぎが起こっていることに気づく。異変を感じ取ったルードヴィヒは咄嗟にシュテファンを後ろに退かせると、自ら前に立ち、騒ぎの様子に目を向けた。

すると集まっていた民衆達が、ターレンの信者達が作った人の壁で真ん中から左右に分けられていく。人がいなくなったバルコニー下の広場の中央を、ゆっくりと歩いてくるのは真っ白な衣装の女だ。フードを頭に被ったその衣装はターレン教徒の女性が祭事の際に身につけるもののように見えた。

（なんだ……？）

ルードヴィヒは目をこらして様子を窺い、眉根を寄せる。突然の出来事に集まってきていた民衆達が一瞬静まり返った。

バルコニーのすぐ下、民がいる一番前にまで来た女はゆっくりとこちらに向けて手を上げた。深く被っていたフードが取れ金色の髪の毛が零れてきて、ルードヴィヒはその容貌を見た瞬間、息を飲んだ。

前に立つ女が胸の前で手を組むと、辺りに響き渡るような大きな声を上げる。

「広場に集う者達よ、ご照覧あれ。あそこにおりますのは、まがい物の王でございます。ターレンの神を信じる者達よ、『預言の聖女』がリンデンバウムの民に神の言葉をお伝えいたします」

そう言うと女は手を広げ、その場の人間に訴えかけるように話を続けた。驚きと戸惑いとこれから何が起こるかという好奇心で、聞き漏らすまいと辺りはシンと静まりかえっている。

「幼き王を認めてはなりません。あの者が王位に立てば、天は怒り雨は降らず日照りとなり、作物の不作が続くことでしょう。恐ろしい病が流行り、大勢の人が家族の亡骸にすがりつく未来がやってくるのです」

神々しい姿で朗々と預言じみた言葉を語るのは、リーゼロッテだった。民衆は彼女の姿に魅入られたかのように、ますます一言も発せなくなっていた。

「リーゼ！」

だがルードヴィヒだけは静寂の中で、一人声を張り上げ彼女の名を呼んだ。

（何が、起きているのだ？）

様子はすっかり違っているものの、それは間違いなく王宮にいるはずの彼の大切な女性だった。操り人形のようにふらふらとしながら、今まで彼女が必死に守ろうとしていた人間達を、批判するために大声を張り上げていた。

「幼き王を擁立し、リンデンバウムを我が物としようとするロイデンタール大公ルードヴィヒこそが災いの象徴です。父を殺し、母と兄を幽閉した男、王妃と淫らな関係を持つあの男を排除しましょう。神はすべてをご覧になっていらっしゃいます」

ルードヴィヒは自分を誹謗《ひぼう》するリーゼロッテの言葉に耳を傾けることなく、騎士団が守っていたバルコニーの横にある梯子《はしご》をおろさせて彼女の下に向かう。心臓は早鐘のように打ち、不安が胸にこみ上げてくる。

（リーゼロッテに、何が起きている？）

間違っても彼女が本心からあのようなことを言うわけがない。近くに行って本当に彼女なのかどうか確認しなければならない。何よりあんな状態のリーゼロッテが心配でたまらず、ルードヴィヒは市民達が集まっているバルコニー下の広間に向かって走り出していた。

「僭王《せんおう》を引きずりおろせ、後見人を名乗る男を神の前に連れていけ！」

リーゼロッテの言葉に煽られたかのように、会場のあちらこちらから怒号が上がると、人々に不穏な空気が広がる。あちこちから上がる声は統制されていて、まるでできの悪い芝居を見せられているようだった。

（ターレン教徒が煽動している。このままでは平民達に暴動が起きるぞ……）

十分な警戒をしていたため、つけ入る隙が得られなかったターレン教会側が、お披露目の式典の時を待って今回の事件を引き起こしたのだろう。

（だがそこに、リーゼロッテを巻き込むとは……王宮に入り込んでいたターレン教徒が彼女を攫ったのか？）

忸怩《じくじ》たる想いを胸に、彼は一人彼女のいる方に向かう。

「俺が、ロイデンタール大公だ」

走りながら高らかに名乗りをあげると、一斉に人々の視線が自分に突き刺さってくるようだった。

「俺を批判したいのであれば、俺をターレン教会に連れていくがいい。だがリーゼロッテには何の罪もない。彼女は聖女になることすら望んでいない。教会から解放してやってくれ！」

声を上げた途端、彼女を奪われないようにリーゼロッテの周りにはターレン信者達が集まり、ぐるっと囲む。しかしひるむことなく、彼は一歩ずつ近づいて行った。

「お願いだ、道を空けてほしい」

「大公閣下？　本物の？」

「こんなところにおりてきたぞ……」

ざわざわと怯えたように距離を置くのは普通の町の人間達だろう。だが信者達はてこでも動く気がないようだ。それどころか、持っていた武器を手に取って、彼を睨んでいる。

「その男に、リーゼロッテ様を奪われるな！」

「今まで聖女様が外に出られないよう攫って大公邸に隠していたんだ！」

どこからか上がった声と共に、信者の誰かが投げた石つぶてがルードヴィヒの方に飛んでくる。それが眉の上を掠り、じわりと血が滲《にじ》む。咄嗟に腰に差していた剣の柄に手が伸びるが、リーゼロッテの顔を見た瞬間、彼女の前で刃傷沙汰を起こせばショックを受けるだろうと気づいて、そっと手を離す。

「悪魔が聖女様を奪いに来るぞ！」

叫ぶ声に勢いを増したのか、いくつも石が飛んでくるのを、ただ腕とマントを使って避けた。

「リーゼ、リーゼロッテ、お願いだ、俺を見てくれ！」

石をぶつけられ教徒達に邪魔をされても、歩を止めない貴族最上位の男に、信者達はどうしたらいいのかわからなくなったようだ。追い詰められた信者達は、狂ったようにルードヴィヒに石を投げ、リーゼロッテの傍に行かせまいとする。マントでかばいきれない石がいくつも彼の体に当たり、慶事のための白いマントを汚し傷を増やしていく。

「あの男を、リーゼロッテ様に近づけるな！」

「聖女様を殺すかも知れないぞ！」

躊躇いがなくなった信者達が直接摑みかかってきてルードヴィヒの足を止める。それでも彼は剣を抜くことなく、一人ずつ教徒達を引き剝がし、一歩ずつ彼女の元に足を運んだ。

「リーゼロッテ、貴女は聖女となることを望んでなかっただろう？　こんなところにいてはいけない」

　声をかけながらリーゼロッテにじわじわと近寄る。慌ててターレンの司祭と思われる男達がルードヴィヒと彼女の間に立ちはだかろうとする。ルードヴィヒは石を投げつけられ、服を掴まれながらも、最後まで剣は抜かずにようやくリーゼロッテの元にたどり着くことができた。

「リーゼロッテ、しっかりしろ！」

　ゾッとするほど青白い頬に触れた。だが彼女の肌は既に死んでいるかのように冷たかった。

「何をされたんだ……」

　頬を撫でても何の反応もない彼女の手を握る。

「リーゼ、迎えに来たから今度こそ一緒に帰ろう！」

「リーゼロッテ様を奪われるな！」

　誰かがそう声を上げた途端、背中に痛みが走った。

「きゃ、あぁぁぁぁぁぁっ」

　市民達が悲鳴を上げる。ルードヴィヒは痛みより熱を感じる。背中を伝うのは生温かい血液だった。だが今は自分のことよりも、リーゼロッテのことが心配でたまらない。ルードヴィヒは咄嗟にリーゼロッテの両手を自らの両手で包み込んだ。

「リーゼロッテ、正気に戻ってくれ！」

＊＊＊

「きゃ、あああぁぁぁぁぁぁっ」

誰かの悲鳴と共に、温かいものがリーゼロッテの手を包み込んだ。誰かの大きな手のひらだ。誰かの大きな手のひらだ。カチンと小さな音がして、互いの指輪が触れ合った瞬間、そこからぱあーっと光が溢れ出した。光はリーゼロッテの体に入り、薬によって朦朧《もうろう》としていた意識を一気に覚醒させていく。一瞬ですべての感覚を取り戻したリーゼロッテは辺りを見渡して、声を上げた。

「え、ヴィー？　何でここにいるの？」

意識がはっきりとした彼女の手を自らの手で包み込んでいるのはルードヴィヒだ。次の瞬間、彼が顔にも手にもたくさんの傷を負っていることに気づいた。額からは血がしたたり落ちていて、顔の半分が真っ赤だ。刹那、がくんと彼が膝を折った。

「ヴィー、どうしてこんなことにっ」

何故彼が怪我をしているのかわからず、崩れ落ちかけた彼を咄嗟に抱きしめようと、背中に手を回す。だがしっかりと抱きかかえるつもりが、手のひらがぬるりと滑る。ハッとして自分の手を見ると真っ赤な血に塗れていた。

「きゃあああああああっ」

彼の背には一本の矢が生えたように刺さっていた。思わず口から悲鳴が溢れる。

「誰か、誰かお医者さんを、お医者さんを今すぐ呼んで！」

痛々しいが刺さっている矢を無理に抜けば傷が大きく広がる。何もできずに叫ぶリーゼロッテの周りを、十重二十重にターレン教徒が囲んでいる。市民達はその周りで、何が起きているのかとじっと見つめている。

心配している目、不安そうな目、そして面白がっている目。リーゼロッテは気が狂いそうになりながらも、誰か救いの手を差し伸べてくれる人はいないのかと辺りを必死に見回した。王宮騎士団とロイデンタール騎士団が近寄ろうとしているが、興奮している王都の民が多すぎて、なかなか近づけない。

「聖女様を、あの穢《けが》れた大公から救え！」

ターレン信者の誰かが声を上げる。ハッとそちらに目を向けると、それは変装している宗主の息子ハロルドだった。彼の煽動に従って、ターレン教徒達がリーゼロッテを奪おうとひたひたと迫ってくる。

「リーゼロッテを連れていくな。彼女は聖女になることを望んでない」

血を吐きながら、そう言って彼女をかばうルードヴィヒにリーゼロッテは驚いてその横顔を見つめる。

「なんで……ルードヴィヒ様が。私なんかのために……こんなことしないでいいのに！」

彼を傷つけたくなかっただけ。なのに何故こんなことになっているのだろう。自分が最初から素直にターレン教に従えば、彼が傷つくことはなかったのではないだろうか。

「ヴィーでいい、と言っただろう。リーゼ」

一瞬顔を上げて笑う、血塗れながら妙に屈託のない笑顔は、彼女が昔から知っていた笑顔だった。

「全部思い出したんだ。……泣くなよ。リーゼが泣き虫なのはわかっているけど、この状況では涙もぬぐってやれない」

「思い出したって……どういうこと？」

だがその問いに答えはなかった。彼は近づいてくるターレン教徒達に対峙《たいじ》するように振り返り、剣を抜くとまっすぐにハロルドの顔を見つめた。

「彼女は聖女なんかじゃない。神聖力を持っているだけの普通の心優しい女性だ」

そう言うと、彼は一瞬振り向いて彼女を見て小さく頷く。

「そしてリーゼロッテはこの俺が、ルードヴィヒ・ロイデンタールが唯一愛する女性だ」

はっきりと辺りに響き渡るような声で告げると、彼は彼女を守るように剣を構えた。

「……俺から最愛の女性を奪うつもりならば、命がけで来い」

リーゼロッテは彼の突然の言葉に大きく目を瞠った。だが思ってもみなかった告白の言葉を噛みしめる間もない。なぜならターレンの信者を従えたハロルドが顔を隠したまま、自ら名乗ることもなく非難の声を上げたからだ。

「愛する？　攫って監禁していた男が何を言う。……聖女様を傷つける者は神の神聖な矢で射られるべきだ。罪深いあの男に触れた瞬間、神の矢は浄化の火を放つことだろう」

ルードヴィヒが彼女を害するなんてことがあるわけもないのに、わざとそう言って彼を陥れようとしているのだとリーゼロッテは理解する。だが彼女が突然町から姿を消したことを知っている王都の民達は、ハロルドの言葉にまんまと騙されているようだった。ルードヴィヒが町から彼女を攫ったのだ、聖女を傷つけようとしているに違いないと、あちこちから疑いの声が上がった。

「聖女様をターレン教会に帰せ！」

「リーゼロッテ様は我々の聖女様だ！」

人々から上がる声を確認したハロルドは、小さく嘲笑すると手を軽く振る。瞬間、こちらに向かって複数の矢が宙を舞い、ルードヴィヒはそれらを剣で叩き落とす。ルードヴィヒの足元に複数の矢が刺さった。

「この数なら払えても、次はさらに十倍の矢がそちらに向かう。その次にはさらに十倍の矢が向かうだろう。ターレン教徒の数だけ矢は増える。矢がハリネズミのように突き刺さるのが嫌ならば、聖女様をその呪われた手から解放するのだ」

ハロルドの声に準備していた信者の男達は一斉に弓を構えた。リーゼロッテはきゅうっと心臓が締めつけられるような気がする。最愛の人の危機にドクドクと血液が体中を巡り、彼を救いたいという気持ちが心の底から湧き上がってくる。

「だめ。絶対にヴィーを殺させない！」

自分が前に立てば、矢を射かけられることはないだろうと、声を上げ前に出ようとしても、彼はリーゼロッテをかばって決して前に出させてくれない。

「お願い、ここは私に任せて！」

自分が聖女と名乗ることで、彼を守れるのなら。

二度と彼に会えなくなったって、あのターレン教会に一生利用されることになっても……。それでも彼の命を奪われたくはない。

（もう、私が盾になる以外、民衆を宥める方法はない）

それでも聖女なら矢は刺さらないと射かけられるかもしれない。それでもいい。彼を守れるのなら。

リーゼロッテは何とか彼と体勢を入れ替えようと、後ろから彼の左手に自らの左手で触れた。指輪がまた触れあって光が溢れ出す。

刹那、ずっと忘れていた竜との約束をリーゼロッテは思い出していた。

「ヴィー。お願い。私と手を繋いで指輪を重ねて」

彼はリーゼロッテの顔を一瞬振り向き、何も言わずに彼女の手に自らの手を重ね直し、指に触れてしっかりと握りこんだ。

「私と一緒に、黒竜の名前を呼んで」

記憶が蘇ったのなら、きっと彼は竜の名を呼べるはず。その言葉に彼はハッと彼女の横顔を見つめた。

視界の先で、ハロルドが手を上げて百名ほどの信徒達に一斉に矢を射るように命じる。彼の高く上がった手が振り下ろされ、一斉に矢が放たれる。だがルードヴィヒはその場を動くことなくリーゼロッテの前に立ったまま頷く。

「わかった」

左手を重ねたまま二人でその名を呼んだ。

「「イゾールダ」」

「ヴィーを」「リーゼを」

「助けて！」

刹那、空が明るく光った。次の瞬間姿を現したのは、太陽の光を背に大きな翼を広げる黒竜イゾールダだった。ルードヴィヒとリーゼロッテに向かって矢が一斉に雨霰《あめあられ》のように降り注ぐが、たどり着く前にすべての矢はイゾールダの羽ばたきで蹴散らされてしまった。

「まーったく。瞬間移動はこの黒竜イゾールダをもってしても、ものすごい魔力を食うんだよ。百年にいっぺんぐらいしかやれないのに……」

ぶつぶつ言いながらも辺りを旋回し、ついでとばかりに慌てる信者達をまとめて羽で吹き飛ばしてから、二人の元に降り立つ。

「つい昨日のような感じがするのに、ずいぶんと大きくなったね。人は成長するのが本当に早いねえ」

周りの喧騒を気にしていないかのようにイゾールダは目を細めて話す。だが人々は見たとともない伝説の生き物の登場に、『竜だ!』『本物か?』と大騒ぎをしている。

「ところでたった一回のお願いを、ここで使って良かったのかい?」

辺りを見回して、状況を摑んだらしいイゾールダの問いにリーゼロッテはすっかり大人しくなってしまったターレン信者の様子を確認する。誰も大きな怪我をしてなさそうなことに安堵して、大きく頷いた。

「はい、助かりました。ありがとうございます」

人生でもっと竜の力が必要な時はあるかもしれない。でも傷ついている彼が、これ以上傷つけられるのは絶対に見たくなかったのだ。ホッとして笑みを浮かべて頭を下げた。

「竜は受けた恩を忘れないとは言ったけど……私が出てきただけで、なんとかなってしまったみたいだねぇ。……出てきた甲斐がないね、頼まれたらリンデンバウムの王都ぐらい吹き飛ばせるのに」

続く物騒な竜の言葉に絶句していると、竜の登場に騒然としていた民をかき分けて、ようやく騎士団員達がこちらにやってくる。その時、ハロルドがマントを深くかぶったまま、ターレン教徒に紛れて逃げ出そうとしているのに気づいた。

「あ、あの男!」

リーゼロッテが指差すと、イゾールダもそちらに目を向けた。

「仕方ないねぇ。出かけの駄賃代わりに、あの男も捕まえてやろうか」

言うやいなや、ふわりと飛び立つと、あっという間にハロルドに近づいて背中を足で摑んだ。

「う、うわぁぁぁぁぁ」

　彼の体は一瞬で宙に浮く。どこか楽しそうなイゾールダが空に向けてグンと飛び上がると、どんどん高度が上がり、その高さにハロルドは情けない悲鳴を上げる。その様子を見てルードヴィヒは周りを煽動するように声を張り上げた。

「どうやらターレンの神は、黒竜より弱いようだな。ほら見ろ、あそこにいるのは宗主の息子だぞ！」

　そのままゆっくりと宙を旋回する竜の姿と、それにぶら下がって悲鳴を上げ続けている男を見て、王都の民達は手を叩き、指をさして笑う。

「本当だな、ターレンの神は宗主の息子を救ってくれないのか」

「いやいやいや、あの男がターレン信徒にふさわしくない行動をしたからじゃないのか？」

　かばいもせず、悪し様に言うのはターレン信者だろうか。よほど人徳がないらしい。

「聖女様は、黒竜を呼び出して、しかも竜を従えているようだったぞ」

「じゃあ、宗主より聖女様の方が偉いんじゃないか」

　人々に指さされ、恥ずかしさと恐怖で真っ赤になった男を晒《さら》し物にするように、イゾールダは何度も何度も王都の民達の上空を旋回する。だがしばらくして声を上げた。

「養い子よ。私はもう飽きた。面倒だからこの男を食ってしまおうか？」

「ひぃぃぃぃぃ、や、やめてくれえええええ」

怯えた声を上げ、挙げ句に小水まで垂らし始めた男に、王都の民は何かの舞台を見ているかのように面白がって爆笑し喝采をあげる。

満身創痍《まんしんそうい》で戦っていたルードヴィヒだが、イゾールダの登場ですっかり気が抜けたのかその場に座り込んで、もう一度声を上げた。

「イゾールダ、生肉が食べられないくせにそんなものを食べたら腹を壊すぞ。その男はそこで手を挙げている騎士団員に渡してくれ。イゾールダが大好きな果物をロイデンタールの城にたくさん用意させるから、また遊びに来てくれ。貴女を傷つける馬鹿はもういないから」

「そうかい。だったらベリーを多めに用意してくれ。あれは美味しいけれど地べたに生えているから食べにくいんだ」

ルードヴィヒの言葉に頷くと、イゾールダは手を挙げて合図を送る騎士団員の元にハロルドをおろし、悠々と空を飛び、そのまま北の空に消えていった。

その後は大騒ぎだった。王都の民は大人も子供も、目の前で本物の竜を見た興奮を声高く話し、ルードヴィヒは騎士団員達を通じて、後日お披露目の続きをすると発表し散会させた。

そして指示だけ出すとようやく背中に刺さった矢を抜くために大公邸の医者を呼び、王宮で治療を受けた。血塗れの彼の様子が心配で、リーゼロッテはずっと目に涙を浮かべている。

（きっと……私のせいで無理をさせてしまったんだ）

無意識でごめんなさいと何度もルードヴィヒに謝罪していたら、リーゼは悪くないのにそんなに謝られたら却って困る、と言われてしまった。それでなんとか謝罪の言葉を胸の中に仕舞い込む。そんな二人を見て、先日大公邸でリーゼロッテの治療をしてくれた初老の医師は眼鏡の奥の目を細め、カカカと豪快に笑った。

「なーに心配しなくて大丈夫ですよ。……相変わらず大公様はご加護の強い方ですね。激しく動き回ったので矢が掠った傷から派手に血が出ているだけです。刺さっている方の傷は傷口も小さい上に、見事に神経と太い血管を避けているので、縫う必要すらないですよ」

「でも、こんなに怪我していて……。痕が残ったり、後遺症があったりの心配はないんですか？」

心配して尋ねても、ルードヴィヒはあっさりと肩を竦めて流す。

「傷痕はもう体にいくらでも残っているし、後遺症が残る可能性があるなら先に医者が俺に言っているだろう。それに俺のことより……」

隣に座っているリーゼロッテの頬にそっと触れると、彼は小さく笑う。

「リーゼロッテに、泣き痕以外の問題がなさそうで良かった」

じっと見つめられた途端、突然先ほどの告白を思い出してじわりと頬が熱くなる。

（さっき、私のこと、唯一愛している女性って……言っていたよね？）

もしかして聞き間違いじゃないだろうか。それに彼はフローレンスを愛しているのではないのだろうか。

冷静になったらなんだか不安になってきた。なので何も聞いていない、覚えていないことにしよう。期待して裏切られたら余計に辛い思いをするからと無理矢理納得させる。

その時、部屋に侍女が訪ねてきた。

「治療を終えられたら、今後のことについて打ち合わせをしたいと、シュテファン陛下が仰っています」

侍女の声に、ルードヴィヒは立ち上がると、当然のようにリーゼロッテに手を差し伸べる。

「あの……」

「貴女にも関係のない話ではないはずだ」

そうだろうかと悩みつつ、簡単に身支度を調えると、彼と共に部屋を後にした。

国王の謁見室には、大きな椅子にちょこんと座るシュテファンがいる。その前にあるソファーには、母フローレンス。フェルトルト公爵と、シュテファンの祖父で摂政でもあるアーリントン侯爵もいた。

「リーゼロッテ様、お体は大丈夫ですか」

近づいて来て心配そうに見つめるフローレンスの優しい言葉に頷く。自分にぴったりと寄り添うルードヴィヒと、それを少し離れたところから微笑ましそうに見るフローレンスとの距離は、今までとは逆のような気がして違和感を覚える。

「リーゼロッテ様の誘拐の件、王宮内にターレン教徒の人間がいたことで起きたようです。まずは王宮内からターレン教関係者を排除し、その上でターレン教会には、今回の騒動について申し開きと多額の賠償金を請求する予定です」

「正直に言えば、国内から完全にターレン教会自体を完全に排除したいところですが、多くの信徒がいるので、そう簡単には話はつかないでしょうね。それでも国内での影響力はできる限り削ぎたいと思っています」

申し訳なさそうにフローレンスが頭を下げる。

「そういえばシュテファン様の国民へのお披露目は後日に延期になったのですね。では私がスタンフェルトに移動するのも……」

リーゼロッテがそう言いかけた途端、ルードヴィヒが彼女の手をぎゅっと摑んだ。

「皆さん、ちょっとすみません」

慌てて彼は周りに一礼すると、リーゼロッテの手を握ったまま、じっと彼女の目を見つめた。

「リーゼ。スタンフェルトではなく、俺と一緒にロイデンタールに行こう。王都はしばらく落ち着かないだろうし、ターレン教がどうなるのかもわからないが、ロイデンタールなら影響は最小限だ」

突然の言葉にリーゼロッテは目を瞠る。

「でも、あの」

彼女が視線を向けた先にはフェルトルルト公爵がいた。彼が肩を竦めて首を横に振るので、どうしたらいいのかと思って、今度はフローレンスを見る。

「ええ。フェルトルルト公爵様。大変申し訳ございませんが、リーゼロッテ様はスタンフェルトにはお渡しできませんわ。……大事な身内がそれを望んでいないようですので」

フローレンスが笑ってフェルトルルト公爵に話しかけた。するとフェルトルルト公爵はハァッと小さくため息をつく。

「まあ、そうなりますよね……。そうなりそうな予感は最初からしていたのですが。ロイデンタール大公がさっさと動かないから……困ったものです」

二人の会話が理解できなくて、リーゼロッテはルードヴィヒに視線を戻す。だが謎めいた会話をする二人を一切見ずに、彼がずっと自分を見つめていたことに気づいて、恥ずかしくていたたまれないような気持ちになった。

「あのっ。でもルードヴィヒ様は、フローレンス様と結婚されるのではないのですか？」

これ以上不安な気持ちになりたくなくて、思わずずっと胸の奥にあったことを問うと、ガタンと椅子から立ち上がるのはシュテファンだ。

「母上、ルードヴィヒとそんな話があるのですか？」

初めて聞いた、というようなびっくりしたような顔をしている少年を見て、リーゼロッテは子供の前でとんでもないことを言ってしまったと気づく。申し訳なさと恥ずかしさで全身にカッと熱がこみ上げてきた。

「しませんよ」

「いたしません」

だが瞬間、フローレンスとルードヴィヒの否定の言葉が重なり、リーゼロッテはぽかんとする。

「そうだよな。そんな話があれば、先に母上から私に聞かせてもらえているはずだ」

鼻をならしながら、ドスンと大きな音を立てて椅子に腰かけたシュテファンだが、次の瞬間にはきちんと感情を抑制する。利発そうな顔でじっとフローレンスを見つめ、小さく頷いた。

「それじゃあ、あの、お二人は……」

リーゼロッテの言葉に、フローレンスが柔らかく微笑む。

「何か誤解していらっしゃるようですが、私は今もオズワルド陛下を愛しています」

夫を亡くした妻の切なげな表情を見て、勝手な思い込みをしていたリーゼロッテは申し訳ないような気持ちになって、きゅっと唇を噛みしめる。

「私にとってロイデンタール大公は、私の亡くなった弟クラウスの親友で、弟の代わりに私達親子のために尽力してくださった大切な身内です」

彼女の言葉にリーゼロッテはゆっくりとルードヴィヒを見つめた。

「前ロイデンタール大公……父だった男が王位簒奪を目論み、俺が困難に陥った時、クラウスが命がけで俺を助けてくれたんだ。だがその時の無理がたたって彼は亡くなってしまった。だから俺はクラウスの代わりに、彼が何より大事に思っていた彼の姉と甥《おい》のために力を尽くすと、墓前の親友に誓ったんだ」

そうリーゼロッテに話す真剣な表情は、昔から彼女が知っているヴィーらしいまっすぐなものだった。

「ルードヴィヒ様は、私にとっては弟のようなもの。信頼しているし愛してもいるけれど、それは家族としての情で、きっと貴女が彼に抱いている想いとは全然違うものなの」

二人の言葉にリーゼロッテはようやくその事実が本当のことだと理解できた。彼らの様子を見ていた少年王シュテファンは一つ息を吐き出すと、じっとルードヴィヒを見つめた。

「だがそんな誤解を生むような行動を、ルードヴィヒがしていたのなら、聖女様にきちんと謝るべきだ。それにフェルトルルト公爵はリーゼロッテをスタンフェルトに連れていく予定だったはずだ。予定変更になる場合は、公爵にも謝罪し、それ相応の賠償もしなければならないだろう」

少年王の叱責する言葉に、ルードヴィヒはフェルトルルト公爵の方を見て深々と頭を下げた。

「フェルトルルト公爵、大変申し訳ございません。ただリーゼにロイデンタールに来てほしいというのは私の一方的な願いですので、彼女が何を望むかで行き先を決めることをお許しいただくわけにはいきませんでしょうか」

　彼の言葉にフェルトルト公爵は大人の彼らしい、落ち着いた表情で言葉を返す。

「ええ。わかりました。そもそもスタンフェルトにお連れするには、『過去を清算』していただかなければなりません。……そう、お約束しましたよね、リーゼロッテ様」

　彼の言葉を聞いて、全員が一斉にリーゼロッテのことを見つめた。

「ですが、リーゼロッテ様も今はお疲れでしょうし。それにルードヴィヒ様ともそのことについてきちんと話をしていないのでは？」

　話を取りまとめるようにルードヴィヒに尋ねるフローレンスの表情は、確かに姉のように慈愛の満ちた表情だ。

「ええ……そうです。なのでリーゼロッテが結論を出す前に、先に彼女と話す時間をいただけないでしょうか」

第十一章　指輪がくれた永遠の愛

その後、中止になってしまった新国王のお披露目を、明後日に延期することについて改めて確認し、話し合いの後にリーゼロッテは当然のように大公邸に戻ってきていた。

「今日は本当に申し訳ございませんでした……」

今まで使っていた部屋に戻ると部屋で待っていたマリアンヌが深々と頭を下げたので、リーゼロッテは慌てて首を左右に振る。

「マリアンヌさんは全然悪くないです。ターレン教の信徒の人があんなことをしたのも、それを命じた人がいたからです」

その後、楽な格好に着替えさせてもらったりしているうちに夕食の時間となり、リーゼロッテは久しぶりにルードヴィヒと一緒に食事をとった。

食事の間はさほど深い話まではしなかった。だがつれづれの会話でどうやらリーゼロッテが彼に竜の指輪をつけたことをきっかけに、彼が過去の記憶を取り戻したことを知った。

そしてルードヴィヒが学校に入った頃から徐々に指輪が見えなくなっていたこと。彼の神聖力が足りなくて夢の中に来られなくなったと聞いて、事情を理解した。

自分と夢の世界に興味がなくなったから来なくなった、と思っていたリーゼロッテは、その事実に心を慰められた。

そして食事を終えて二人きりで庭を散歩することにした。この間見たライリーがところどころ花を落としつつも、まだ咲いている。それを見て足を止め、二人は木の前にあるベンチに並んで座った。

それから改めて彼の今までの話を聞いた。

兄達と違って、自分だけが愛妾の子供だったこと。だから義母にひどく苛められていたこと。

「夢の中では、そんな事実を口にできるほど、心に余裕がなかった……年下の女の子に、みっともないところを見せたくなかったんだ」

まだ少年だったヴィーの姿を思い出し、自尊心の高い男の子の気持ちについても、リーゼロッテは少し理解できた。

「それと、イゾールダのことも……。彼女と過ごした二年間はとても楽しくて幸せだった。誰にも気を遣わず、北の山で果物を食べたり、時には狩りの真似事をして、焚火《たきび》をして肉を焼いて食べたり……」

それなのに十歳になったある日、人は人の世界で生きるべきだとイゾールダに言われ、突然ロイデンタールの大公邸に連れて行かれた。

「俺からしたら、地獄みたいな場所に戻されてしまったんだ。悲しかったし悔しかったし、イゾールダのことが許せなかった」

　彼は夜空を見上げて小さくため息をついた。

「今となってみれば、イゾールダは正しいことをしただけなんだってわかるんだけどな」

　そう話す彼の横顔を見ていたら、彼が感じた絶望を想像してまた目が潤んでくる。彼はなんて辛い人生を送ってきたのだろう。しかしルードヴィヒは柔らかい笑みを浮かべ、リーゼロッテの目尻にたまった涙を指でそっと拭った。

「苦しい二年間を終えて、そしてようやくあの屋敷を出て、王都の学校に行けることが決まった。だが……」

　彼はその時のことを思い出したのか、胸元に手を当てて息苦しそうな顔をした。

「大公の第三子として俺が高等学院に行くのが気にくわなかったんだ、あの女は。だから俺に毒を盛った……」

「あぁ……」

　苦しむヴィーの姿をありありと思い出し、リーゼロッテも息が苦しくなる。そんな彼女を見て、彼はそっと彼女の手を握り締めた。

「……でもあの時も、リーゼロッテが大切な……本当に希少な聖女の薬を使って俺を救ってくれた。いや、イゾールダが屋敷に俺を戻してからの二年間、何とか生き延びて来られたのは、リーゼロッテに夢の中で会えたからだ。竜の指輪のお陰で、夢の世界で貴女に会えた。いつでも明るい笑顔で話しかけてくれて、俺が苦しんでいる時は、俺以上に辛そうな表情をしながら必死に治療してくれた。……俺にとって貴女は聖女どころか愛らしい女神のようだった……」

　彼は左手の中指に嵌められた指輪をじっと見つめた。

「この指輪を……俺が外したのは、親友を亡くした日の夜だった……」

　彼はフローレンスとシュテファンを守ることを決意したきっかけについても、改めて話してくれた。

「クラウスは俺にとって、生まれて初めてできたリーゼロッテ以外の友達だったんだ。体が弱いくせに正義感が強くて気持ちがまっすぐで、すごく良い奴で……。けれど俺はそんな大切な友人を、俺のせいで死なせてしまった……」

　繋いだ手が震えている。冷静に聞こえる彼の声が余計に悲しみを深くした。どれだけ彼にとってその人は大事な友達だったのだろう。想像もできない。

「……それなのにクラウスは、亡くなる直前まで俺のことを心配してくれていたんだ。病床からオズワルド陛下に手紙を送って……。王位簒奪を企んだ重罪の連座になるはずだった俺を何とか救ってほしいと、俺の命と立場を奪わないでほしいと、震える手で肉筆の手紙を……」

　彼の話を聞いた瞬間、リーゼロッテはたまらずに涙を溢れさせていた。大切な人を失う悲しさはリーゼロッテもよくわかる。しかもテレーゼと違って、自分のせいでその人を無残な死に追い遣ってしまったのかもしれないなんて……。どれほど彼の心は苦しめられただろうか。

　自分がいたら何とかできただろうか。何とかしてあげたかったという思いが胸にぐっとこみ上げてくる。

　堪えきれず、ぼろぼろと涙を零す彼女を見て、彼は切なげな表情を浮かべ、そっと彼女のことを抱きしめた。優しく背中を撫でられて、リーゼロッテは嗚咽が止まらなくなる。

（本当に辛かったのは、私じゃなくてヴィーだったのに……）

　全然泣かないヴィーが悲しくて……。せめてその時に話を聞いてあげたかった。なにもできなかった自分が悔しい。

　彼から見捨てられたのだ、だから夢の世界にも来てくれなかったのだ、そう一人で勝手に拗ねていた自分が情けなくて……。

「だが忘れていたからといって、リーゼと再会してから貴女の意志を無視して、俺がしてしまったことは絶対に許されることじゃなかった……本当に、すまなかった」

　彼は深々と頭を下げる。

「本当のことを言えば、貴女が聖女だと言われるからとか、そんなことは途中からどうでもよくなっていたのかもしれない。リーゼと一緒にいるとすごく心が安らいで、貴女に触れると心の闇が少し薄められるような気がして心地良かった。ずっとリーゼと一緒にいたいと、そう思ってしまっていた……。大公邸に留め置いて、一生貴女を俺のものにしてしまいたかった……子供を産んでもらって、一緒に育てたいとすら思っていた」

リーゼロッテの髪を撫でて、彼はじっと彼女の顔を見つめる。

「リーゼとの記憶をなくしていたはずなのに、気づけば貴女のことが大切で、愛おしい存在なのだと思い始めていたんだ……」

彼の言葉一つ一つがリーゼロッテに染み入るようだ。大切だ、愛おしいと言われて胸がじわじわと温かくなる。彼を信じたい気持ちがこみ上げてくる。

彼は一瞬口を噤み、顔を上げたリーゼロッテの目を見ながら話を続けた。

「……それともう一つ謝りたいことがある」

彼は自分のつけている指輪に触れて、彼女の顔をじっと見つめた。

「貴女が自分の指輪を俺につけてから、久しぶりに夢の中に入れたんだ……」

彼の言葉にリーゼロッテはゆっくりと彼を見上げる。彼の後ろで終わりかけのライリーの花が良い香りを漂わせている。

「……夢？」

あの木の下の夢だろうか。だがリーゼロッテは彼と再会してからは、あの夢を見ていない。首を傾げると彼はまるで夢を思い浮かべるように目を閉じた。

「俺が指輪を外した後でも、リーゼはライリーの木の下でずっと俺を待ってくれていた。俺が入った夢には、今より幼い十代の頃のリーゼがいたよ。あの木の下で俺のことを毎日のように待ってくれていた……」

彼の言葉を聞いて、リーゼロッテはゆっくりと瞬きをした。確かに彼が夢に来なくなってからも、リーゼロッテは夢の中で彼を待ち続けていたのだった。王都に来てからも。会えない時間が増えるたび、その思いは強くなり……。

「私……あの、なんか……言ってました？」

あの世界には誰もいなかったから、寂しい思いや彼への思いを、あけすけに声に出していたような気がする。

すると彼は笑い出す代わりに、何故か彼女の手を握ったまま、頭を下げて彼女の手の甲に額を寄せた。

「夢の中のリーゼを見て、俺はわかったんだ」

何の話だろうと思いながら、リーゼロッテは彼の旋毛を見つめる。こんな風にヴィーの頭のてっぺんを見るのは初めてかもしれない。そのまま頭を上げず、何も言わないので、なんだか彼の頭頂部まで愛おしくなってきて、つい唇を寄せて小さくキスをした。すると、彼はゆっくりと顔を上げる。

「貴女だけはずっと変わらない。……どうして……」

彼の目がかすかに潤んでいるのに気づいて、リーゼロッテは驚きに目を大きく開いた。

「俺はいつだってリーゼロッテに救われてきた。指輪を外して夢に行かなくなってからも貴女はずっと俺の幸せを祈ってくれていた。リーゼロッテの愛は、海より深くて限りがない。それなのに俺はいつだって自分のことばかり考えていたんだ」

彼は真剣な眼差しをまっすぐ彼女に向けた。

「これからは、俺はリーゼのために生きて行きたい。今まで貴女が俺の幸せを祈ってくれていたように、俺も貴女の幸せを祈り、助けていきたい。何よりも……」

彼はそっとリーゼロッテの手を握り締めたまま、その指先にキスをする。

「俺自身の手で、貴女を幸せにしたい……。だから……貴女を幸せにできる立場を、俺にくれないか？」

彼がそう言った瞬間、二つの指輪がゆっくりと光り始める。

「この指輪、ね。……運命の相手を連れてくるって……イゾールダは言っていたの」

その光に魅入られたようにリーゼロッテは呟く。彼の目には竜の指輪の光が見えているだろうか。

「……だから、光っているのか？」

その言葉に、彼もまた見えているのだと知る。それが二人の運命の輪が再び回り始めたことを報《し》せてくれているように思えた。

「今までリーゼロッテに苦しい思いをさせたことも、悲しい思いをさせたことも、過去の出来事について俺は謝ることしかできない。……もう許してもらえないかもしれないが、慈悲深いリーゼにお願いしたい。……やり直すチャンスを俺に与えてほしい」

不安そうに言う彼を見ていると、たとえずっと待たされていたとしても、辛い思いをさせられたとしてもやっぱり彼を好きなのだ、と炎のように熱い気持ちがリーゼロッテの胸に広がっていく。

彼は改めてリーゼロッテの目をまっすぐに見て告げた。

「俺はリーゼのことが好きだ。これから一生俺の傍にいてほしい」

そう言うと、彼は小さな箱をポケットから出してリーゼロッテに渡した。リーゼロッテはドキドキしながらその箱を開ける。

中には、五つ花のライリーがいくつも入っていた。彼が一つ一つ集めたのだろうか。いつそんな時間があったのかと思うのだけれど、よく見ると新しいものから、少し萎れたものまで様々な花があった。きっと何日もかけて、五つ花のライリーの花を根気強く探したのだろう。眠る暇もないほど忙しかっただろうに……。彼の気持ちが嬉しくて心が温かくなる。

「……リーゼ、お願いだ。スタンフェルトには行かず、俺と結婚してロイデンタールに来てほしい。……今度こそ俺が貴女を幸せにしたいから」

じっと見つめる瞳は、相変わらず綺麗な北の湖のような青だ。深くて吸い込まれそうで……。

「春も夏も、秋も冬も、貴女と一緒にいたいんだ。リーゼと一緒にいたら、俺は間違いなく幸せになれる。だから……俺の妻になってほしい」

潤んだ青い瞳を見て、リーゼロッテは胸を突かれたような気持ちになった。この不安そうな切ない表情は、リーゼロッテの返事を待っているからなのだと気づく。

「俺を幸せにしてほしい」

「うん……私もヴィーと一緒にいたい」

　自然とそう答えていた。平民の自分が、ロイデンタール大公である彼と結婚できるわけないと、彼の正体を知ってからずっと思っていたのに……。けれど彼は嬉しそうに微笑んで、リーゼロッテの頬を撫でるから、つい心地良くて目を閉じてしまう。

　そっと唇が近づいて来て、柔らかくキスが落ちてくる。指輪が温かく熱を持ったけれど、触れ合う唇の方がもっと熱くて、リーゼロッテはとても幸せな気持ちになる。何度もキスをすると、彼が彼女の手を取った。

「もっとたくさん、リーゼに触れたい。貴女への思いをたくさん伝えたいから、ベッドを共にしてほしい」

　ストレートな言葉に一気に顔が赤くなった。今まで何度も関係を持ってきたのに、改めて言われると恥ずかしくてたまらない。それでも……。

（きちんと言葉にして、伝えようって彼が思ってくれているんだ……）

　ずっと不誠実に振る舞ってきた彼の、今できる一番誠実な行動なのかもしれない。

（それに……どっちにしたって、私はヴィーが好きだから、答えは決まっている）

「はい」

　そう言って彼が差し伸べてきた手を取ると、彼は小さく笑った。二人で手を繋いでゆっくりと彼の部屋に向かって歩いて行く。

部屋に入ると、寝室はたくさんのライリーの花が飾られていた。良い香りがして思わず声を上げてしまった。

「わぁ、これ、どうしたんですか?」

先ほどのライリーの花の色とは微妙に違う気がして尋ねると、彼は少し困ったように笑った。

「戴冠式が終わったら、貴女に会いに行って謝ろうと思っていた。フェルトルト公爵と共に旅立つ前が最後のチャンスだと。……それにできたら俺の今の気持ちと感謝も伝えようと思ったんだ」

ロイデンタールは春が来るのが遅い。だから今を盛りと咲いているライリーの花をたくさんこちらに送り届けてもらったらしい。少しでもリーゼロッテに喜んでもらいたかったのだ、と彼は言う。

「それに……貴女のことをやっぱり諦めきれなかったから」

「だから五つ花のライリーを探したりしたんですか?」

そう尋ねた途端、冷静な顔ばかり見せていた彼が、口元に手を当てて困った顔をする。じわりと耳の先が赤くなっていって、照れ隠しのようにわざとため息をついてから彼が頷く。

「フランツ村では、五つ花のライリーを渡すのが、結婚の申し込みだと聞いたから……」

ルードヴィヒの様子が本当に愛おしくて、思わずぎゅっと彼に抱き付いてしまった。

「ありがとうございます。とっても……素敵です」

こうして彼と抱き合って甘くて穏やかな香りに包まれていると、ライリーが咲く夢の中の世界にいるみたいだ。

（それよりもっと素敵かも？　だってこれ、夢じゃない）

ずっと好きだった人が自分を大事そうに抱きしめてくれている。嬉しくて幸せで、頬を彼の胸にすり寄せると、ぎゅーっともっと強く抱きしめられてしまった。

「どうせリーゼは無自覚なんだろう？」

どういう意味かと尋ねるように顔を上に向けた途端、キスをされた。

「リーゼに触れると、いつだってもっと欲しくなるんだ」

彼は耳元で甘く囁く。大好きな声が自分を欲しいと伝えてくるのが、本当のことだと思えないくらい幸せだ。

「だからなんだかんだと理由をつけて貴女に触れてしまう」

彼はそっとリーゼロッテをベッドに押し倒した。この間このベッドで眠った時は、彼と最後の別れをするつもりだった。それなのに今は、こんな風に幸せな気持ちで同じベッドに横たわっているのが不思議で仕方ない。

リーゼロッテは手を伸ばし、彼の頬を撫でる。

「ヘンな理由をつけなくてもいい。本当の気持ちだけを教えてくれたらそれでいいの。理由を探すから、ややこしいことになるのに」

彼女の言葉に彼は昔みたいにニッと唇の端を持ち上げて笑う。

「まさしく。そうだよな……」

彼は頷くと同時にキスをする。ちゅっと一つ軽いキスをして、もう一度リーゼロッテの顔を見つめる。

「俺はいつからリーゼのことが好きだったのかわからない。けど、間違いなく俺の初恋は貴女で、それ以来誰か女性を好きになったことはないから、それだけは信じてくれ」

その言葉に驚いて「え」と中途半端に声を上げた瞬間、またキスされる。

「リーゼは？」

彼は、まるで少年のようにキラキラとした瞳でそう尋ねてくるから、なんだか却って恥ずかしくなってきてしまった。

「私も……いつからだろう……。でもヴィーが幸せになってほしいって。いつも怪我ばかりしていた頃からずっと思ってた」

「そういう優しい女の子だったたから、イゾールダはリーゼに指輪を渡したんだろうな。きっと養い子の俺と縁を作ってやりたくて。そう考えたらイゾールダを恨むなんて、筋違いも甚だしかったんだな」

「そうだね。ヴィーはいつも頑張っていたから、私は励ましてあげたかった。いつだってどうしているか気になって仕方なくて。いつか私が幸せにしてあげたいって、ずっと思っていたの」

手を伸ばしてぎゅっと抱きしめる。体が触れ合うだけでこんな気持ちになる。大好きでたまらない人が同じように自分を好きだと言ってくれるのだ。

「今、俺はすごく幸せだ」

鼻先をすり寄せてくすくすと笑いながら、自然と唇が重なると、彼をもっと幸福にしたくなった。

「ヴィー、大好きよ」

彼はその言葉を嬉しそうに受け入れる。

「俺もリーゼを幸せにしたい」

唇を耳朶に触れさせるほど近づけて囁くから、くすぐったくて体が震える。

「リーゼは耳も弱いし、くすぐったがりやだし」

言いながら、彼はリーゼロッテの首筋を撫でて鎖骨に指を滑らせている。そのまま服を脱がそうとした彼の手をペチッとリーゼロッテは叩く。

「え？」

驚いている彼に思わず笑ってしまった。

「ここは……そうなる流れでは？」

「だってヴィー、怪我しているもの。それに私も今日はいろいろあって疲れているし。一緒のベッドで寝るだけじゃダメ？」

リーゼロッテは呆然としている彼の顔を見て、くすくすと笑う。

「いつも私が、ヴィーの言うことばっかり聞いていると思った？　嫌な時とかダメな時はちゃんとダメって言います。これから長い付き合いになるのなら」

その言葉に彼はパチパチと目を瞬かせた。

「長い付き合い……ホントに？」

「お互いの気持ちもわかったし、もう焦る必要もないでしょ」

つんと鼻の頭を突くと、彼はバタリとリーゼロッテの横に寝転がる。子供みたいに体をジタバタと震わせた。

「あああ、わかってる。こういうのは、大概リーゼの言うことが正しいんだ」

寝転がっている彼と目が合うと、思わず二人で噴きだしてしまった。

「じゃ、寝ようか」

彼が腕を差し出すから、彼女は笑顔のまま彼の肩に頭を載せて、目を瞑る。

「おやすみなさい、ヴィー」

「おやすみ。リーゼ」

そっと額にキスがおりてきて、最愛の人の腕の中でリーゼロッテは幸せな気持ちで眠りについたのだった。

＊＊＊

その三日後、シュテファンは改めて新国王のお披露目を国民達の前で行った。リーゼロッテも『教会に薬を飲まされ、虚偽の預言をさせられた』と公表し、改めてシュテファンを支持した。

今回の聖女誘拐と王都の民への煽動、王族に対する不敬など一連の騒動が、ターレン教の宗主の妻カサンドラと息子であるハロルドによって行われたことも公表された。二人は今後、法により相応の処罰を受けることとなるだろう。

今回の件でターレン教はリンデンバウムでの活動に制限を設けられることも決まった。宗主は既に国外追放となり、その座を追われた。次期宗主は穏健な人間が引き継ぐことになるようだ。

そしてさらに一週間後には、フェルトルト公爵とアイリス姫がスタンフェルトに帰国することになった。

「聖女様、この男に辛い目に遭わされそうになったらぜひ、スタンフェルトにいらっしゃい。貴女のために、三番目の妻の席はずっと空けておきますから」

悪戯っぽく片目を瞑った公爵は大人の魅力たっぷりで、ほんの少しルードヴィヒが慌てている。

（公爵様は本当に素敵な人だったな……）

ヴィーのことが好きでなかったら、きっとこの人にときめいていたのだろうと思う。けれど焦ったような困ったような顔をしているルードヴィヒを見ると、一時も目が離せなくなってしまう。自分は幼い頃から知っている彼が、好きで好きでたまらないのだ。

「あれほど不誠実なことをしたのに、それでも変わらず愛してくださる女性を、けして不幸にしてはいけませんよ」

そんなリーゼロッテの様子に気づいたのだろう、公爵が釘《くぎ》を刺すと、ルードヴィヒはもう一度深々と頭を下げた。だが次の瞬間、まっすぐ公爵の顔を見て、はっきりと告げた。

「私の至らなさで、公爵には大変ご迷惑をかけてしまいました。本当に申し訳ありません。……ですが、今後はもうリーゼを悲しい思いや寂しい気持ちにさせたりはしません。当然公爵様のちょっかいも一切不要ですから！」

そしてことあるごとにルードヴィヒをからかって悪戯っぽく笑う公爵と、シュテファンと寂しそうに別れたアイリス姫はスタンフェルトに戻り、ルードヴィヒはリーゼロッテを連れて、久しぶりにロイデンタール領に帰ることになった。

＊＊＊

季節は初夏。長い冬を終えて短い夏を迎えた北国の大公邸は、たくさんのライリーの花に埋め尽くされていた。

「わぁぁぁぁぁ」

リーゼロッテは故郷の空気を胸いっぱい吸い込んで、感嘆の声を上げた。王都と違って空気が澄んでいて、体の中が故郷の空気でいっぱいになると、なんだか懐かしくて胸がジーンとした。

「大公閣下、奥様、お帰りなさいませ」

大公の屋敷の玄関にはずらりと使用人達が並んでいる。若い顔が多いのは、前大公夫人の息のかかった人間がいなくなったからなのだろう。既に王都を発つ前に、リーゼロッテはロイデンタール大公との正式な婚姻届を提出した。そして大公領の屋敷の者達は領地での盛大な結婚式の準備を始めていた。

だからリーゼロッテがルードヴィヒに連れてこられたのは、大公夫人が使う部屋だ。

「本当に私なんかがロイデンタール大公の妻になって……いいのかな」

リーゼロッテはフランツ村出身の平民だ。不安に感じて尋ねるが、彼は笑って頷いた。

「俺はフランツ村のリーゼロッテが妻でまったく問題ない」

そう言って彼は広い夫人用の部屋の中に案内しながら話を続けた。

「ただまあ、北の人間には古い考えの者も少なくはない。なので迷惑をかけられた分、聖女テレーゼの弟子で『聖女リーゼロッテ』という肩書きは有効利用させてもらおうか」

称号はターレン教会と関係なく、シュテファンから与えられたものだ。

「確かに肩書きがつくことで周りが受け入れやすくなるのなら、それでいいのかもしれない」

リーゼロッテが頷くと、彼は彼女の手を引いて次の部屋に案内する。

「まあ『大公夫人』という名前がしっくり来る頃には、誰もリーゼがどこの出身かなんて気にしなくなるだろう。それに俺はリーゼが傍にいてくれたら、聖女だろうが、占い師だろうが、薬作りの下手な薬師だろうが何でもいい」

「薬作りが下手で悪かったわね！」

最後の余計な一言に憤慨して、リーゼロッテが彼の胸を軽くぺしぺしと叩くと、彼は嬉しそうに笑った。

「そのくらいいつも通りでいいよ。俺はいつだって、夢の中のヴィーとリーゼみたいな関係がいい」

そう言うと、彼はリーゼロッテを抱きしめてキスをする。彼にキスされるたびに、胸が温かくなる。ずっと好きだった人が隣にいて、自分を愛してくれるのだということがたまらなく幸せだ。まるで幼い頃リーゼロッテが夢に描いていたような生活が始まっている。

「リーゼ、疲れている？」

ぼうっとして今までのことをいろいろ考えていたからだろう。突然尋ねられてリーゼロッテはハッと顔を上げた。

「ううん。大丈夫。何かあった？」

「だったら、これから一緒に風呂に入らないか？」

唐突な提案にリーゼロッテは目を見開いた。

「え、あの。なんで？」

「この屋敷の良いところは、最高に広くて立派な風呂があることだ。王都からこちらに戻ってきたら、その風呂で旅の疲れをゆっくりと癒やすのが楽しみでね」

これからも王都と領地の行き来は頻繁にあるだろう。だからその習慣に一緒に慣れていってもらえると嬉しい、と彼は笑う。

「すごく気持ちの良いところなんだ。リーゼにも気に入ってほしい」

にっこりと微笑みながら言われると、ルードヴィヒに弱いリーゼロッテは頷かざるをえない。

「じゃあ、マリアンヌに準備してもらうから、また後で」

「それではごゆっくりどうぞ」

ガウンの下は入浴着だけ身につけた状態で、リーゼロッテは大浴場に案内された。風呂の手前にある大きなシダを編んだベッドに腰かけると緊張が高まってくる。

「ほ、本当に一緒にお風呂になんて入るのかな」

しかも普段なら不要だと言っても入浴の手伝いをしてくれるはずの侍女達は誰一人としてついて来なかった。

(まあ一人で体洗うのとか、全然問題ないけど)

そんなことを思っていると、ルードヴィヒが入ってくる。彼女と同じようにガウンをはおっていた。

「浴場に案内するよ。先に脱いでおいた方がいい。床が滑りやすくなっているから注意して」

言いながら彼は手早くガウンを脱いでしまった。腰布だけつけている彼を見て、一気に恥ずかしくなる。

「あ、こ、この前の傷は？」

そう尋ねると彼は後ろを向いて背中を見せてくれた。改めて彼の背中を明るいところで見ると、たくさんの傷があって、矢の刺さった痕が彼の医師が言う通り大した傷ではないように見えるほどだ。

「満足した？　じゃありーゼも脱いで」

振り向いた彼は容赦なくリーゼロッテからガウンを奪うと、そっと手を取って歩き始める。一緒に扉から入ると……。

「こ、これ全部お風呂？」

目の前に広がる光景に、思わず息を飲んでしまった。

真っ白な空間の中央には大きな丸い浴槽があり、浴槽の奥には女性の像がある。その像が担いでいる水瓶からこんこんと風呂の中にお湯が注がれていた。周りにはいくつもソファーやベッドが設置されており、いつでもゆったり休めるようになっている。床も壁も大理石と思わしき石を磨き込んで作られており、テーブルの上には飲み物が置かれ、贅沢極まりない。しかも石造りなのに床は温かかった。

「さあ、まずはゆっくりと浸かろうか」

ルードヴィヒはリーゼロッテの手を引いて浴槽に足を踏み入れる。入り口は足のつけ根ほどの深さだったが、中央まで来ると寝椅子のようになっていて、リーゼロッテはそこに横たわるように言われた。言われたとおりにするとちょうど天井が見える角度になっている。

「上には天窓があるんだ」

彼の言葉に視線を上げると、大きな天窓からは青い空と、周りにはいくつもの樹木がこちらの方に倒れ込むように見えた。ちょうど緑の縁飾りの中央に空が映っているみたいでとても綺麗だ。

「ここは温泉を引いているから、天窓の上もこの風呂の周りも温泉の熱を利用した温室になっている。だから冬でも緑の光景が見られるし、夜には月と星を見ながら湯に浸かることもできる」

冬になれば雪に閉ざされる北国でそんな素敵な光景が見られると聞いて、リーゼロッテはびっくりしてしまった。

「確かにすごく良い景色だけど……貴族って、贅沢よね」

思わずそう言うとルードヴィヒは吹きだした。

「まあ確かに。それに俺はこっちの光景の方がいいけどな」

クツクツと笑う彼の顔を見ると、視線が少し下に向いている。その視線を追うと、彼の目が自分の胸元を見ていることがわかって……。

「きゃっ」

濡れた入浴着が透けて肌が見えている。

「裸のリーゼも綺麗だけど、この感じも……すごくそそられる」

「ヴィー、ダメ。こんな明るいところで、恥ずかっ……」

慌てて肌を隠すため手を回そうとした瞬間、やんわりと手首を掴まれて、そのまま彼がキスをしてくる。

「んんんっ――」

動くたびに、ちゃぷと水音がしてなんだか余計に淫らな感じがしてしまう。ドキドキする心臓を確認するように彼が濡れた布の上から胸に触れてきた。

「布越しに、リーゼの桃色の乳首が透けて、まるでライリーの花みたいだ」

そんな恥ずかしいことを言いながら、彼はリーゼの胸元に顔を寄せる。湯の温かさとはまた違う舌の熱を胸の先が拾って、思わず身震いしてしまう。

「あぁ……」

唇から零れた喘ぎは、浴室内に響いてさらに艶めいて聞こえる。布越しに舐めたり吸われたりするたびに、じゅっ、じゅじゅっ、という音が室内に反響して恥ずかしいのにドキドキする。

「こんなにぷっくりと膨らんで、硬くなって……。リーゼは心も体も素直で感じやすくて

本当に可愛い」

以前はこんなセリフを言うような人ではなかったのに、あの戴冠式の日以降、彼はリーゼロッテを安心させるため、たくさんの甘い言葉を囁いてくれるようになった。それから、いやらしくて恥ずかしいセリフも。

やわりと胸を持ち上げるようにしながら、唇と舌で可愛がられ、時折甘く歯を立てられる。するとなんだか頭の中がとろりと溶けて、お湯の気持ちよさもあって自然と声を上げて啼いてしまっていた。

「リーゼ、こっちも可愛がってあげよう」

彼はリーゼロッテの足元に膝を置き、彼女の膝を立てさせて、その間に指を進める。何度も彼女を抱いている彼は、どうやったらリーゼロッテが感じるかよくわかっている。淡い色の襞を開き、その先にある真珠の粒にたっぷりの蜜をまとわせてから触れ、小刻みに揺らす。

「は、あぁ、それ……好きなの」

そこを中心にぞわぞわと快感がこみ上げてくる。素直に快感を伝えると、彼は嬉しそうに微笑んだ。

「リーゼが気持ち良くなってくれるのが一番嬉しい。中も触った方がいいな」

彼は感じやすい芽を転がしながらも、柔らかく中に指を差し入れて上を押さえ込むように触れた。足の裏に力が入り腰が持ち上がると、彼は胸を唇で啄《ついば》みながら、中をたっぷりと刺激した。

「あぁ、んっ……いい、の。ヴィー、それ、すごく良いの」

言葉にし難い感覚がお腹の奥から上がってくる。そのたびに中がヒクヒクと震え、蜜が溢れてくる。

「たっぷり濡れている。リーゼがすごく感じているのが伝わってくるな」

ルードヴィヒはその感触をほんの少し意地悪に伝えてリーゼロッテをさらに快楽の果てに追い詰めようとする。彼の硬い指を内壁が締めつけるたび、お腹の熱が増して気持ち良さがたまっていく。

「あ、キちゃう……」

真っ白な感覚が頭の中で弾けるような感覚で、リーゼロッテは足を床につけて体を浮かせるようにする。するとぐっと彼の指が奥まで入ってきて、一気に愉悦がはじけ飛ぶ。

「ひぁん、あぁっ……ぁ、はぁっ」

頭の中が真っ白になり、目を見開いて、ビクンビクンと体が跳ね上がる。気持ちいい感覚が体に溢れていく。

「……もうイっちゃったんだ。ホント、素直なんだから」

意地悪くくすくす笑う顔がなんだか悔しくて、彼の浮かれた顔をひっぱたきたいような気もするけれど、もちろんそんなことできるわけもなくて。

「ヴィーも気持ち良くなりたい？」

気だるげに、けれど甘く問うと、彼はゴクリと喉を鳴らした。

「リーゼがすごく気持ち良さそうな顔をしているから、ね」

先ほどからの行為で裾も胸元もはだけている。ちらりと見て自分の格好が恥ずかしい状況になっているのがわかる。でも彼の目からは欲情が強く感じられ、なんだかゾクゾクして、気づいていないふりをした。

「おいで……リーゼが欲しくて、もう我慢できない」

そう聞いて身を起こし、彼の膝の上に乗る。お互いに見つめ合ってキスをした。彼に跨がってゆっくりと彼を飲み込んでいく。

「あぁ、リーゼ……」

彼が目を細めて幸せそうに名前を呼ぶ。その唇が愛おしくて、もう一度キスをしながら腰を落とし最奥まで彼を受け入れた。

「んん、ぁんふっ……」

ルードヴィヒの舌が、彼女の唇を割り中に入ってくる。下で彼を受け入れながらのキスは、まるですべてを彼に求められているような気持ちになった。彼の屹立《きつりつ》したものがリーゼロッテの中を擦り上げて体の奥から満たしていく。彼はリーゼロッテの腰を抱いて、背中を撫で、ゆっくりと下から突き上げた。その感覚がたまらなく気持ち良くて、キスの合間に喘ぎ、淫らな声で啼く。

「ひぁ……んっ。そこ、当たっちゃう、も、スゴく、気持ち……い」

中を彼の太い幹が擦るたび、世界で一番大切な人が自分を求めてくれているのだと体でわかる。

「リーゼ、大好きだ」

切なく弾む吐息と、乱れた声が耳元を掠める。顔を上げて彼の頬を撫でるようにして、見下ろすと、彼は目を細め幸せそうに微笑んだ。胸がぎゅっと締めつけられる。大好きで、ずっと傍にいたくて、誰よりも幸せにしてあげたい人だ。

「ヴィー。愛してる」

囁くと、彼は蕩《とろ》けたような笑みを浮かべる。頬に触れている彼女の手を包み込むようにして、彼はキスをねだる。

「もっと……全部リーゼが欲しい。夢で会っていた貴女が本当に存在しているのか、ずっと不安だったんだ……」

彼は目を細め、切なげに睫毛を震わせた。不当な暴力を受け、傷だらけにされた彼の体を抱きしめて、キスを続ける。

「眠って目が覚めれば、現実が待っている。夢の中のリーゼは、俺が作った幻なんじゃないかってどこかでずっと疑っていた……」

彼がかすかに震えていることに気づく。リーゼロッテがいつでも見られる竜の指輪は、未だに彼には見えたり見えなかったりするらしい。

「私がヴィーに、これからもずっと、竜の指輪を見えるようにしてあげる」

彼と抱き合うたびに神聖力を彼に注ぎ込もう。きっと竜の指輪が彼を守るには神聖力のある女の子が必要だったから、イゾールダはリーゼロッテに対となる指輪を渡したのかもしれない。

(だから竜の指輪と一緒に、私がヴィーを……一生守ってあげる)

彼への想いが強まるごとに指輪に力が注がれていく。指輪が柔らかく発光し彼を包み込んでいくのを確認して、リーゼロッテは満足げに微笑んだ。

「私が、貴方を幸せにするわ」

占いが未来を決めるわけではないけれど、よりよい未来を探す手がかりになるだろう。リーゼロッテにその力があるのは、きっと大切な人を幸せにするためだ。

「ヴィー、誰よりも幸せになってね。私がずっと傍にいるから」

想いを伝えると彼はぎゅっとリーゼロッテを抱きしめた。そしてくっと息を飲み、涙を溢れさせる。

「なんでだろうな。胸の中が温かくなる……」

きっと彼が感じているのは、指輪を通じて伝わるリーゼロッテの想いと神聖力だ。

「ヴィー……」

いつも拭ってもらっていたその涙を、今度はリーゼロッテがキスで拭う。そうされて彼は初めて自分が泣いていることに気づいたようだった。指で頬をなぞり、呆然と声を上げた。

「あぁ……そうか。俺はずっと……ずっと、何かが足りなかったんだ」

ぽつりと呟いた彼は、強がりを言っていた少年の頃の彼を思い出させる。

「そう……きっと寂しかったんだね」

そっとその頬を撫でて、頬に額に、唇にキスをする。たくさんのキスを受けて彼は初めて自分の中の孤独に気づいたらしい。涙を零しながらも徐々に表情が安らいでいく。

「でも……今は満たされている。胸に空いていた穴を、リーゼが全部埋めてくれたから……」

彼は恥ずかしそうに笑って、涙をごまかすように激しくリーゼロッテを突き上げた。

「ひぅ、あ、ぁあああっ……」

いきなり深くまで突き上げられて、息が詰まる。ゾクゾクとして快楽に身を震わせていると、彼はリーゼロッテを浴槽の中におろし、背中に手を回して体に負担がかからないように柔らかく腰を撓《しな》らせる。もう一度ぐっと奥まで彼が入ってきて、はくはくと息を吸う。

「だから、もう一生離れることはない。リーゼは俺の隣にいて、俺を幸せにしてくれたらいい。俺はそれ以上にリーゼを幸せにする。今まで……子供の頃から今まで守ってきてくれてありがとう。俺が夢のことだとすべて諦めてしまった後も、リーゼだけはずっと諦めないでくれて……ありがとう」

中に彼がいるだけで、自然と体の中が彼を求めてうねり、しっかりと抱きとめるように締めつける。

「あぁ、気持ちいいな……」

「すごく、気持ちいい」

重なり合い、お互い見つめ合い、舌を絡めて、指を繋ぐ。

愛おしい気持ちだけで、気持ちが昂る。

「ヴィー、愛してる」

「愛してる、リーゼ」

緩やかに交わりながら、徐々に愉悦が高まっていく。温かい湯の中でかすかな水音が響くだけで、あとは互いの切ない吐息と甘い声が水面に落ちていく。

「一緒に、幸せになろうね」

リーゼロッテの言葉に彼は潤んだ瞳で頷く。

そしてゆっくりと時間をかけて、リーゼロッテとルードヴィヒは深い愉悦に達していく。

エピローグ

リーゼロッテが大公領に来て数日。リーゼロッテはルードヴィヒと外出の準備をしていた。部屋に迎えに来たルードヴィヒは彼女に近づくと、額に一つキスを落とす。

「おはよう、リーゼ。今日は出かける前に一つ提案がある。これから俺と別々の行動を取ることも増えるかもしれない。それでうちの騎士団のうち何人かをリーゼの護衛騎士にしようかと思っているんだが……」

確かに以前王宮から攫われた時に、護衛がいたらと考えていたことを思い出し、リーゼロッテは彼の勧め通り護衛の騎士をつけてもらうことにした。

「彼女は、フランツ村出身だそうだ」

リーゼロッテが了承すると、ルードヴィヒの後ろに数人控えていた騎士の中から、一人の女性騎士が一歩前に踏み出す。

「フランツ村の出身？」

あの田舎の村から、ロイデンタール騎士団に入るような人がいたのかと思ってびっくりしていると、ルードヴィヒがその人を紹介してくれた。

「モニカ・グレインタインだ」

リーゼロッテの前に立ったのは、すらっと身長の高いクールな容貌の女性だった。だがその顔と珍しいストロベリーブロンドの髪色を見て、リーゼロッテは目を丸くした。

「もしかして……モニカ？」

「……はい。お久しぶりです」

彼女の前で騎士の礼をしているのは、元兵士の父親に殴られていたリーゼロッテの幼い頃の友達で、母側の祖父母に引き取られていった女の子だった。彼女はどうやらリーゼロッテが大公夫人になったことを知っていたらしい。彼女の様子を見て、ルードヴィヒは悪戯が成功した子供のようにニヤッと笑った。

「昔の友人なんだろう？」

笑顔の彼を見て、リーゼロッテの護衛を選ぶために、いろいろ調べてくれたことがわかった。

「ヴィー。私のためにありがとう」

「どういたしまして」

リーゼロッテは笑顔のヴィーにお礼を言うと、モニカに近づいて行き、手を取った。

「モニカ、お久しぶり！」

「今だけは無礼をお許しください」

ちらりとルードヴィヒを見て、軽く頭を下げると、モニカはリーゼロッテの手を握り返し、その手に額を擦りつけるようにして頭を下げた。

「リーゼ、ありがとう。貴女のお陰で暴力を振るう怖い父から逃げられたの。優しい祖父母に引き取ってもらって、今は憧れだったロイデンタール騎士団に所属できた。リーゼは私の一生の恩人、貴女がいなかったら、今の私はいないわ」

（昔はたった一人の友達がいなくなって、寂しかったけれど……）

潤んだ瞳で話すモニカを見ていると、新生活へと送り出して心から良かったと思えた。

そして誰かのために頑張ったことが、こうしてその人の幸せに繋がっているのだ、と思ったらリーゼロッテはなんだかとても嬉しくなる。

「モニカが今、幸せなら本当に良かった……」

「ええ、今幸せなの。最近は、丈夫で運動が得意な体は父から引き継いだものだなって考えたら、あの父にさえたまに感謝の気持ちが湧くくらい、自分に自信が持てるようになったわ。まあ今度殴られそうになったら、ボッコボコにするけど」

拳を握る逞しいモニカの姿に思わず笑みが零れる。モニカは最後にニヤッと笑うと、一歩下がって公私の区別をつけるように、リーゼロッテに騎士の礼をする。

「ロイデンタール騎士団第一大隊所属モニカ・グレインタインは、本日より、ロイデンタール大公夫人リーゼロッテ様の護衛の職に就かせていただきます。よろしくお願いいたします」

きりっとした表情で宣誓するモニカはとてもかっこ良くて、リーゼロッテは本当に嬉しい気持ちになった。

「さて、それではいこうか……」

それから複数人の護衛騎士を紹介された後、二人は屋敷の外に出た。今日は以前ルードヴィヒが行方不明になったという狩り場に大きな祭壇を作り、イゾールダにたくさんの果物をお礼として捧げる予定なのだ。

「まあ、本当に来るかどうかはわからないんだけどな」

そう言ってルードヴィヒは笑う。

「たとえ来なかったとしても、その気持ちはきっとイゾールダに伝わるよ。それにターレン教が流した悪魔の使いなどという悪い噂も、ロイデンタールの人達から徐々に変えていけるかも。だってイゾールダはとっても優しい竜だから」

リーゼロッテの言葉に、ルードヴィヒは嬉しそうに頷き、そっと彼女の腰を抱く。彼女の後ろではモニカ達騎士団員達が警備に就いている。


「イゾールダ、果物を用意したよ」

ルードヴィヒの乗る馬に同乗させてもらい、狩り場まで移動すると、そこには立派な祭壇が用意されていた。馬から下りて、果物がたくさん盛られたその祭壇の前に立つと、リーゼロッテは彼と左手同士を重ねる。

「イゾールダ、貴女のお陰で、俺は運命の人と巡り会えて、月日を重ね彼女を最愛の妻と

することができた。そして自分の受けた大きな恩義を一つ返すことが叶い、国の安寧を保つ力添えもできたと思う。これは感謝を込めて、黒竜イゾールダに捧げるものだ……毎月最初の日には貴女へ果物やこの土地で収穫できた野菜を捧げよう」

リーゼロッテは自分が持っている思いを伝えるように、指輪に力を込める。彼女の養い子がどれだけイゾールダを大切に思っているか、伝わると良いなと思いながら。

すると突然空が陰り、待っていたものが訪れた二人はパッと顔を上げた。

「お前は約束を守る子だから、近いうちに用意してくれると思って待っていたよ」

「イゾールダ！」

黒竜はゆっくりと舞い降りてきた。騎士団員達が一瞬焦ったような顔をするのを軽く手を挙げ止めて、ルードヴィヒはイゾールダに近づいて行く。

「ありがとう、イゾールダ。リーゼに会わせてくれて。困っている時に助けてくれて」

「ありがとう、イゾールダ。ヴィーに会わせてくれて。一番辛かった時の彼を支えてくれて」

ルードヴィヒはそっと近づいて、自分の顔の高さにあるイゾールダの黒い肌に顔を寄せて、その首に手を回し抱き寄せるようにして柔らかく微笑む。きっと彼にとっては竜と人間であっても、母親に等しい存在だったのだろう。

「俺は貴女に見捨てられたのだと思っていた。だが大人になってようやく貴女のした選択の正しさがわかった」

「養い子よ……お前が今幸せならば良かった……。リーゼロッテ、私が怪我をした時に、私を助けてくれただけでなく、私の大切な養い子をずっと守ってもらってすまなかった。竜は二度受けた恩は生涯忘れない。……お前達とその子孫のためならば、私はできる力を尽くそう」

そっとルードヴィヒが手を伸ばし、リーゼロッテを連れてくる。彼は目を細めて改めて彼女を紹介した。

「イゾールダ。リーゼが俺の妻になった。祝福してくれ」

「ああ、黒竜イゾールダが祝福しよう。ロイデンタール大公夫妻とロイデンタールに平和と喜びを。未来永劫《みらいえいごう》に祝福が降り注ぐように」

刹那、ふわりと風が巻き起こり、辺りでは木々がざわめく。太陽の光はキラキラと輝き、北国の短い夏を喜ぶように小鳥が歌い舞い踊り、どこからか花びらが降ってきた。

驚きに目を見開くリーゼロッテを抱きしめて、ルードヴィヒは新妻にキスをする。

「養母である黒竜と、私の大切な聖女に誓おう。ルードヴィヒ・ロイデンタールは、この命ある限りリーゼロッテを愛し続けると」

〈了〉

番外編　リーゼロッテの平凡じゃない幸せな日々

王都にある大公邸に、リーゼロッテは久しぶりにルードヴィヒと共に滞在している。昨日は十八歳となって、この国の成人を迎えた若き王シュテファンと、隣国の公爵の長女アイリス姫の結婚式が華々しく執り行われ、二人はその結婚式に出席していたのだ。

（このところ忙しかったたし、二人きりでゆっくりベッドで眠るのは久しぶりかも……）

そんなことを考えつつ、大切そうに愛妻を抱きしめている人の腕の中で小さく笑う。

「……リーゼ、起きたのか」

パチリと目が合うと、彼は涼やかな目元を柔らかく細め、それからもぞもぞと体を動かして、リーゼロッテを自分に跨がるように抱き上げた。そしてルードヴィヒは薄物だけを羽織って自分を見下ろしている妻を見て機嫌良さそうに笑った。

「おはよう。リーゼ」

「おはよう。ヴィー」

彼が手を差し伸ばしてくるから、リーゼロッテは遠慮なく飛びつく勢いで彼に抱き着く。

「今日も私の旦那様は、最高にかっこ良くて素敵だわ」

クスクス笑って唇を寄せると、彼はリーゼロッテからのキスを受け止めた。一緒に暮らすようになってもう八年になるが、彼女はずっとずっとルードヴィヒが好きで、それに再会する前より今の方がもっとヴィーのことが大好きだ。

「まったく。リーゼは俺が好きすぎるな」

そんなことを思っていたら、全部バレバレだったらしい。嬉しそうに笑うルードヴィヒのおでこをツンと突く。

「……そんな言い方するところを見ると、旦那様は私のこと、私ほどは好きじゃないってことなのかしら……」

寂しそうな顔をわざとしてみせると、彼は慌ててリーゼロッテの頬を両手で挟み、狼狽したように首を横に振った。

「……違う。本当は俺だって、リーゼロッテのことが大好きだ。リーゼ、信じてくれ。心の底から愛してる」

昔、寂しい思いを散々させてしまった、という悔いがあるせいか、ちょっとでも彼女が寂しそうな顔をすると、彼はいつだって全力で愛を囁いてくれる。結婚してからのルードヴィヒはリーゼロッテに対して非常に甘々なのだ。

「うふふ、知ってます。……でもやっぱり、私の方がヴィーのこと、大好きなんだけどね」

もう一度顔を寄せると、彼は穏やかな中にも嬉しそうな表情を浮かべて、リーゼロッテにキスをする。

「今朝はきっと俺たち二人が起きてくるのが遅くても、誰も文句は言わないって思うんだが、リーゼはどう思う？」

「ええ。そうね。昨晩は盛大なパーティで、私たち大公夫妻として参加して頑張って社交もしたから、当然疲れている私たちは寝坊してくるってみんな思っていると思うわ」

微笑みを浮かべたリーゼロッテがそう答えると、彼は同意を得たというように、体勢を入れ替えて押し倒す形に持ち込む。

「……それだったら、どれだけ俺がリーゼを愛しているか、昨日の夜も伝えたけど、今朝もたっぷりと伝えないと」

彼は既に妻に反応しているそれをリーゼロッテの感じやすい部分に押しつけつつ、首筋に唇を寄せる。すでに彼がその気になっていることはそれだけで十分伝わってきた。

「やぁ……もう……ヴィー……」

困った顔をしつつも、大好きな人に自分が欲しがられているとわかると、それだけで体が反応してしまって、ゾクッと甘い感覚が背筋を走る。

「ぁ……はぁ……」

吐息が甘くなったリーゼロッテの様子を見て、ますます情欲に駆られたルードヴィヒは、彼女の薄物の下に手を伸ばし、滑らかな肌を手のひらで堪能しようとした。

——だがその時。

何かあったのか、一気に窓の外が騒がしくなる。ルードヴィヒは動きを止め、辺りを窺うように、リーゼロッテの肌に触れたまま、窓の外に耳と意識を向けた。

「あの……」

リーゼロッテが声を掛けた瞬間、寝室の向こうから激しいノックの音がした。

『ルードヴィヒ様、あの……竜が。……いえっ』

どうやら廊下から聞こえるのはリーゼロッテ付の騎士モニカの声だ。だが普段より声は大きいし、動揺しているように思える。

ルードヴィヒとリーゼロッテは目を合わせ、ルードヴィヒはそれでも未練がましくゆっくりとリーゼロッテの薄物の下から手を引き抜き、ドアの向こうの声に応える。

「モニカ……何があったんだ」

『あの、アルフォンス様と、フィリーネ様がっ』

その言葉に二人はベッドから飛び降りると、ガウンを羽織ってそのまま廊下に飛び出す。

「アルフォンスと、フィリーネがどうしたの！」

大事な大事な二人の子供の名前を出されて、慌ててモニカの後を全力で追ってリーゼロッテは庭に飛び出す。後を追ってきたルードヴィヒと共に庭に出た途端、飛び込んで来た光景に声も出せなくなった。

「父上、母上！」

「おかぁちゃま〜〜〜」

そこに居たのは、右往左往している騎士団員たちと、国王の結婚式に向かうため、ロイデンタールに残してきた、彼らの息子と娘。そして……。

「イゾールダ、こんなところで何をしているんだよ！」

呆れたような声を上げるのは、ルードヴィヒだ。養い子から冷たい視線を投げ掛けられて、黒竜は決まり悪そうに金色の目を細めて、答える。

「アルフォンスに頼まれたんだよ。お母様に会いたいとフィリーネが泣いて泣いて仕方ないからって……」

「父上、イゾールダを怒らないで。僕がお願いしたんだ。僕たちを母上のところに連れて行ってって」

父によく似た黒髪のしっかり者の兄は今年七歳。対して甘えん坊の妹はまだ三歳だ。

「イゾールダ、しゅっごいの。しゅってね、おかあしゃまのところにひとっとび、なの」

とことこと走ってきて、リーゼロッテに抱っこして欲しいと手を広げる娘が可愛すぎる。金色の髪に青い目。愛らしいその姿にたまらずリーゼロッテは娘を抱き上げていた。いつも通り甘いお菓子のような匂いがして、愛おしすぎて思わず抱きしめてしまう。空を飛んだ割には体が冷えたりしていないようでホッとする。

「シュッて……。瞬間移動したのか。イゾールダ、百年に一度ぐらいしかしないって言っていたのに……」

頑張って妹を連れてきた兄アルフォンスに笑顔を向け、褒めるように頭を撫でると、ルードヴィヒは呆れ顔でイゾールダを見上げる。

「まあ、そうだね。……けど、泣く子には逆らえないだろう？」

子供が大好きな黒竜は、そうルードヴィヒに訴える。表情が見えないはずの黒竜の情けなさそうな様子に、ついに堪えきれなくなってルードヴィヒが笑い出した。

「ああ、仕方ないよな。うちの子達は最高に可愛いから」

ルードヴィヒはそう言って、アルフォンスと手を繋ぎながら、もう一方の手のひらをイゾールダの硬くて立派な首に添える。

「ありがとう。お陰で思いがけず早く、子供達に会えた……けれど」

チラッとアルフォンスに視線を向けると、ルードヴィヒは尋ねる。

「アルフォンス。突然王都に来てしまったら、大公領の人達が心配するだろう？」

そう尋ねると、アルフォンスは父に向かって笑顔で答えた。

「大丈夫。ちゃんとマリアンヌにお父様とお母様のところに行くって言ってきたから」

用意周到な息子の言葉に、絶えきれずリーゼロッテまで声を上げて笑ってしまった。突然竜に乗って、『父上と母上のところに行ってきます』と言われて、次の瞬間姿を消した二人に、どれだけマリアンヌは焦っただろうか。まあもちろん、イゾールダと一緒にいたら、心配する事は何一つないのは彼女もよくわかっていることだろうけれど。

するとするとは母が笑ったことに嬉しくなったのか、小さなフィリーネはケラケラと笑い出す。

そんな二人を見ていたらたまらなくなったのか、ルードヴィヒはあの恐ろしい黒竜大公とは思えない、親馬鹿全開な父親の顔をして、息子の前にしゃがみ込む。幼い妹のために気丈に振る舞っていたアルフォンスを抱き上げると、やっぱり緊張していたらしいアルフォンスがへニャリと表情を崩して笑った。

「……ほらヴィーだって、家族全員で会えて嬉しいのだろう？」

そう言って、イゾールダは機嫌良さそうに笑う。だが……。

「大公閣下、大変です。竜が突然王都に現れたと大騒ぎになっています！」

「王宮へ事情説明のため、書状を出した方が……」

文官達までこちらにやってきて、騒ぎはますます大きくなってしまっているようだ。だがそれを見てルードヴィヒは肩を竦め、鷹揚に答えた。

「イゾールダはロイデンタールでのお留守番に飽きたうちの子供達を、俺たちのところに連れてきただけだ。何の問題もなく帰るから心配しなくていい、と王宮に手紙を送ってくれ。……さあ、二人とも腹が減っているだろう？　一緒に朝食を食べよう」

父親の言葉に、父と母に抱きかかえられている二人の子供達は歓声を上げる。それを見てルードヴィヒは笑顔をもう一度黒竜に向ける。

「うちの子供達のためにありがとう。せっかくだから、イゾールダも一緒に庭で食べるか。……朝食を庭で食べられるように準備してくれ」

父の言葉に子供達は大喜びしている。もともと平民のリーゼロッテだってピクニックは大好きだ。庭に向かうイゾールダの元に駆け寄っていった子供達を見て、ルードヴィヒはリーゼロッテの耳元に唇を寄せる。

「残念ながら夫婦の時間はお預けだが、今夜たっぷり取ってくれるよな。……そろそろもう一人子供も欲しいし」

誘惑めかした視線を投げ掛けられてリーゼロッテはドキンとしつつもそっと夫と手を繋ぐ。

「……大丈夫。子供ならすぐに出来ると思うわ」

リーゼロッテが少し背伸びをして、夫の耳に囁くと、彼はパッと振り向いて尋ねる。

「それは……『聖女の予言』だろうか？」

冗談めかして言う夫の言葉に、リーゼロッテは笑って答えた。

「いいえ、単なる女の勘。だって私たち、いつだって心から愛し合っているから」

二人の手には今も竜の指輪が光っている。優しい黒竜がくれた大切な縁だ。その縁は可愛い子供達を彼女達に授けてくれた。

リーゼロッテは幸せな笑みを浮かべ、同じく幸福そうな表情をした夫の腕に、ぎゅうっとしがみついたのだった。

あとがき

こんにちは、当麻咲来です。この度は書き下ろしの新作『愛を封印した黒竜大公はなぜか星詠みの聖女に執着する』を手に取っていただきましてありがとうございます。
さてこの作品には黒い竜が出てきますが、今年は辰年ということで竜好きの当麻としては、是非とも今年中に竜の出る作品を書きたい、とプロット作成時から考えていまして、無事、皆様のお手元に竜を添えた話をお届けできて、目標を達成できました。
昔からドラゴンが出てくるファンタジーが大好きで、それこそデビュー作『王立魔法図書館の[錠前]に転職することになりまして』(ムーンドロップス)でも竜を出したくらいです。(コミカライズ連載中ですのでそちらも是非お手に取っていただければ)
さて今回はヒロインがヒーローと出会うきっかけが黒竜イゾールダという形で、重要な恋のキューピット役をやってもらいました。
個人的にはイゾールダのキャラクターが好きすぎて、本当はもっと出したかったです。(子供の頃のヴィーとイゾールダの話なんて書いていて一番楽しかったくらいです(笑))
このお話自体は、リーゼロッテの片思いの描写が多く、切ない展開も多かったのではないかなと思うので、竜の存在が一服の清涼剤となっていたら嬉しいです。

今回も無事ムーンドロップスレーベルより本を出すことができました。夢の世界を舞台に、切なくて美しい表紙や、様々なシーンを切り取った挿絵を付けていただいて、本当に嬉しかったです。それ以外にも編集者様、デザイナー様など、この本を世に出すために、制作に携わってくださった皆様には感謝してもしきれません。

そしてこの作品を完成してくださるのは、お手にとって読んでくださった皆様です。どんな苦労があっても、一途に一人の人を想い続け、幸せになったリーゼロッテの姿に少しでも涙したり、心を揺らしたりしてくださったら、本当に嬉しいです。ご感想などがあれば是非お気軽にＳＮＳで発信していただいたり、編集部様までおたよりいただけたら、今後の励みになります。

近いうちにまた皆様にお会いできることを願っています。今回は、あとがきまでお読みいただき、本当にありがとうございました。

当麻　咲来

本書はは電子書籍レーベル「ルキア」より発売された電子書籍「黒竜大公は星詠みの聖女を夜ごと求める」を元に、加筆・修正したものです。

★著者・イラストレーターへのファンレターやプレゼントにつきまして★
著者・イラストレーターへのファンレターやプレゼントは、下記の住所にお送りください。いただいたお手紙やプレゼントは、できるだけ早く著作者にお送りしておりますが、状況によって時間が掛かる場合があります。生ものや賞味期限の短い食べ物をご送付いただきますとお届けできない場合がございますので、何卒ご理解ください。
送り先
〒160-0022 東京都新宿区新宿 1-36-2 新宿第七葉山ビル
(株) パブリッシングリンク
ムーンドロップス 編集部
○○（著者・イラストレーターのお名前）様

愛を封印した黒竜大公はなぜか星詠みの聖女に執着する

２０２４年１２月１７日　初版第一刷発行

著……当麻咲来
画……蜂不二子
編集……株式会社パブリッシングリンク
ブックデザイン……しおざわりな
（ムシカゴグラフィクス）
本文ＤＴＰ……ＩＤＲ

発行……株式会社竹書房
〒102-0075 東京都千代田区三番町８－１
三番町東急ビル６Ｆ
email：info@takeshobo.co.jp
https://www.takeshobo.co.jp
印刷・製本……中央精版印刷株式会社